依据国家教育部和中央电视台

联合主办的《开学第一课》活动

"我爱你，中国！"主题拓展原创版

我 和 你

中央电视台《开学第一课》编写组 编

时代文艺出版社

图书在版编目（CIP）数据

我和你 / 中央电视台《开学第一课》编写组编.—2版.
—长春：时代文艺出版社，2016.1（2023.7重印）
（开学第一课）
ISBN 978-7-5387-4938-0

I. ①下… II. ①中… III. ①中国文学—当代文学—作品综合集 IV. ①I217.1

中国版本图书馆CIP数据核字〔2015〕第257188号

出 品 人 陈 琛
责任编辑 李贺来
助理编辑 孙英起
装帧设计 孙 利
排版制作 隋淑凤

我和你

中央电视台《开学第一课》编写组 编

出版发行 / 时代文艺出版社
地址 / 长春市福祉大路5788号 龙腾国际大厦A座15层 邮编 / 130118
总编办 / 0431-81629751 发行部 / 0431-81629755
官方微博 / weibo.com / tlapress 天猫旗舰店 / sdwycbsgf.tmall.com
印刷 / 北京市一鑫印务有限公司
开本 / 710mm×1000mm 1 / 16 字数 / 120千字 印张 / 12
版次 / 2016年1月第2版 印次 / 2023年7月第3次印刷 定价 / 36.00元

图书如有印装错误 请寄回印厂调换

敬启
书中某些作品因地址不详，未能与作者及时取得联系，在此深表歉意。敬请作者见到本书后，通过以下方式与我们联系，我们将按国家规定支付稿酬并赠送样书。
E-mail：azxz2011@yahoo.com.cn

《开学第一课》编委会

编委会主任：韩　青　许文广

主　编：许文广

副主编：卢小波

编　委：张雪梅　骆幼伟　张　燕　吴继红

　　　　悠　然　冰　岩　王　佩　王　青

　　　　静　儿　刘　歌　刘　斌　李　萍

　　　　一　豪　明媚三月　大路　邓淑杰

　　　　李天卿　曾艳纯　郜玉乐　孟　婧

《开学第一课》的价值

有人问我，《开学第一课》的价值体现在什么地方？我认为最重要的就是全社会希望并通过我们传递出来的价值观。多元是时代进步的标志，我们尊重不同的声音和价值理念，但是作为教育部和中央电视台联手举办的一项公益活动，我们要传递的是主流的、与时俱进又符合中华文明传统的价值观。

在2008年，我们通过《开学第一课》传递了抗震精神和奥运精神；2009年正值新中国60周年华诞，我们在象征着民族精神的长城，为孩子们播撒下爱的种子；2010年，我们告诉孩子们，一个拥有梦想的民族，一个不断仰望星空的民族，就是拥有未来的民族，人生的每一个阶段都需要梦想的指引、坚持和探索，而每个人的梦想汇集起来就可能成为国家的梦想、民族的梦想。

举办《开学第一课》三年来，我个人也有一个梦想，我梦想这项目光远大、朝气蓬勃的公益活动能够坚持举办十年，让它给这一代孩子的成长提供正面的、积极向上的力量，这就是《开学第一课》的意义所在。

我希望全社会的力量汇集起来，给孩子们一种价值观的教育，中央电视台愿意承担使命，连同教育部把这项公益活动做好。我们也欢迎全社会各界积极参与、支持，从出版、纸媒、网络、志愿行动、慈善事业等各个方面，加入到这个追逐共同梦想、打造恒久价值的公益活动中来。

由此，我亦十分高兴地看到《开学第一课》系列丛书的出版，我相信时代文艺出版社正是基于我们共同的理想，以出版的力量为孩子们的未来创造了更丰富的阅读食粮，为《开学第一课》的精神理念提供了更多样的传递方式。

目 录

第三部分　穿越二十五年的礼物

第四部分　微笑的力量

003

目

录

第八部分　书的巧克力滋味

第九部分　拥抱大自然

第一部分

寻找阳光

"你要买什么笑？是要买自信的笑，奉承的笑，还是自然的笑，可爱的笑……我们这儿的产品物美价廉，各种笑应有尽有！"礼仪小姐的话像施了魔法似的，使我不由自主地掏出了口袋里的零花钱，一下子就买了三种笑。于是，我就带着一种莫名其妙的感觉走在了回家的路上。

——沙琼瑜《买笑》

这个冬天有点冷

刘淑琪

"嗥"的一声呼唤，同伴们从四面八方直奔而来，不知道狼王要和同伴们商量什么。

狼王威严地宣布："这个冬天太冷了，雪把山封住了，我们已经没有食物了，再这样下去，我们都会被冻死的。听说山下的猎人刚刚打回来一批新鲜的猎物，今天我们就出发，把猎物抢回来。"

我第一个走上去，用温顺的目光看着狼王："老大，山下的人有枪，我们就这样下去，恐怕会有危险。"

"应该不会，我已经探查好了，这个村子没有猎狗。凌晨三点，这个时间，全村的人都会睡着，我们就在这个时间去抢猎物！"狼王的声音有些低沉，语气显得不容置疑。

紧接着就是狼群发出讨论："我们会成功吗？""等偷到食物后我们就分！""希望那些人类不会发现我们！""我们老大那么聪明，怎么会呢？"

……

我没有作声，思绪回到了十年前……

那也是一个冬天，爸爸和妈妈带我出去打猎。突然，一群猎狗的出现把我和爸爸妈妈冲散了。我还是往前走着，突然感到脚掌一阵疼痛，我低头一看，原来是一根毒刺。妈妈曾跟我说过，这种毒刺会致命的。这时，我听见一个人的脚步声，原来是个小孩，看来我这次真的是死定了。我闭上眼睛，等待着死神的降临。令我感到惊讶的是，这个小孩却取出了我的毒刺，还用纱布帮我包扎了伤口，然后拍了拍我的屁股，示意让我走。我走了几步，又退了几步，我一定要记住救命恩人身上的气味。于是，我闻了闻小孩身上的气味，牢牢地记在了心里，走了……

现在，这个小男孩已经长成了小伙子了，而且就住在这个村子里，我怎么能抢我救命恩人的食物呢！我的心中突然冒出一个念头：向山下的村子发出信号！

我迈着沉重的步子走下山去。我知道，我背叛了我的同伴们，但我也不能去抢救命恩人的食物啊！不管怎样，我都是死路一条。也许当初小男孩没有救我，没有帮我拔出那根毒刺，我也活不了这么长时间。我对着村落，几乎使出了我浑身的力量，大嚎一声："嗥——嗥——"我的声音久久地回荡在村子里。村子里所有的灯都亮了，我还能听见人们磨刀、装子弹的声音，听到这些声音，我的心沉静下来。

我慢慢地走回我们的洞里，同伴们和老大给我的再也不是关怀的目光了。

我来到悬崖边，没有后悔，我的嘴角流露出一丝苦笑，我跳了下去……

（指导教师：王思思）

第一部分 寻找阳光

买 笑

沙琼瑜

　　"童年"里的一天，我在街上随便溜达。发现了一家新开的商店，同时，几个醒目的大字闯入了我的视线——笑。笑可以卖吗？我出于好奇，便快步奔了进去。

　　亭亭玉立的礼仪小姐向我露出了迷人的微笑，亲切地问候道："小朋友，需要帮助吗？"我没说什么，只是点了点头。

　　"你要买什么笑？是要买自信的笑，奉承的笑，还是自然的笑，可爱的笑……我们这儿的产品物美价廉，各种笑应有尽有！"礼仪小姐的话像施了魔法似的，使我不由自主地掏出了口袋里的零花钱，一下子就买了三种笑。于是，我就带着一种莫名其妙的感觉走在了回家的路上。

　　第二天，我带着刚买的三种笑来到了学校。老师通知我参加大队委员的评选演说。我很是紧张，担心自己在关键时刻控制不好自己的面部表情怎么办，心情既新奇又担心。我想起了笑。对！我可以把"自信的笑"用上嘛。我看着上面的说明，一步步地做着：先用手指沾适量本产品涂于酒窝部，再用掌心轻轻铺开揉匀。哇，一种舒坦的感觉马上在全身弥漫开来。演讲时，自信的笑让我不再紧张和忐忑不安，一切OK极了！毋庸置疑，最终，我轻松地当上了大队委员！

　　正当我沉浸在极度快乐中时，妈妈告诉我晚上有客人来吃饭。我最烦家里来客人了，在饭桌上，爸妈的吹捧，客人的奉承，让我讨厌。每次，我脸上总会不自主地流露出不满，因此招来妈妈的责骂是常事。现在，我可不怕了！我快速涂上"奉承的笑"，皮肉开始放松。开饭了，当大人们开始他们的"辩论赛"时，我就用奉承的笑去应付他们。饭后，妈妈开心地对我说："你今天表现得真不错，好像换了个人似的。特别是你的笑，特讨人喜欢。为了奖励你，这星期的电视你全都可以看。"

又过了一天，我代表班级承担了一项社会实践活动——摆摊（把自己的一些旧东西拿到街上去卖，把所得的钱捐给爱心基金会）。这可怎么办？在人来人往的街上叫卖，被熟人看见了多没面子呀！我正在为这事烦恼时，手刚好插进口袋，这下我安心了。于是，我顺手拿出了"自然的笑"，涂了上去，开始吆喝："走一走，看一看啊！走过路过，千万不要错过！快来买啊……"结果可想而知，客人多得不得了，赚了不少钱呢。我班的任务出色完成！

当天傍晚，我正想去抹另一种笑时，发现盒子里早已空空如也。我拿着钱朝商店跑去，想买更多的笑，去了一看，那家卖笑的商店已经关门了。无奈，我只能等明天了……

（指导教师：张理刚）

寻找阳光

刘瑛琪

阳光突然变少了，不知道跑到哪里去了。我想去寻找它们，便背上行李走了。没有人会理我，因为我只是一只流浪猫，我记得，我有过很多主人：梳着辫子总爱发脾气的女孩，长胡子大叔……可是，他们总是很快就抛弃了我，因为我是一只跛脚猫，而且有些呆。没人会可怜我，人总是那样怪，当我像一团白色的绒球蜷缩在他们脚下，用湿湿的舌头舔他们时，他们会很温柔地抚摸着我，然而，当我跛脚的毛病暴露出来时，他们就立刻变了一副嘴脸。我知道，我的流浪生活就要开始了。

现在，我轻轻地走在小城的路上，一个女孩叫着："猫！"她的妈妈把她拉到一边，轻声说："孩子，这是一只跛脚的流浪猫。别理它，小心它挠你。"女孩悻悻地离开了。我没有丝毫的感觉，因为这样的情景我已经见过多次。第一次，我会哭；第二次，我会闹，可是多次之后，我又能怎样。"喵！"我叫了一声，小琪说话了。小琪是我的影子，也是我唯一的朋友。她知道很多事，总是滔滔不绝地对我说："菲儿，想听故事么？""嗯。""那我来给你讲《幸运的贝儿》，从前……""不，小琪，我想听你的故事。"我说着，回头看看小琪，它用手拨弄了额前的头帘，然后说："我的？"我点点头。"那么，到角落里来吧！"小琪只有在角落里时，才能与我的身体真正分解开。

于是，我跳到了一幢楼房的拐角处，小琪从我身后跳出来，来到我面前。我蹲下，两眼看着它，虽然它周身都是黑的，可是我能看到它炯炯的双眼，在角落里放着光。"我叫小琪。""噢，这我知道。小琪，快往下说。""菲儿，别急嘛！我是影子，黑黑的，谁也看不到。可是我有情感，任何一个物体的影子都是有情感的。这，很少有人知道。"小琪说着，骄傲地昂了昂头。我看着它，迫切地想听它往下讲。突然，小琪压低了声音：

"告诉你，菲儿，我是太阳的孩子。""太阳的孩子？"我难以置信："太阳的孩子难道不是阳光？""是的。准确地说，是光的孩子，任何一个影子都是。你想，如果没有光，哪能会有影子呢？""好像是这样的……"我还是有些不明白，可是好像又明白了：影子是光的孩子。小琪像每次一样，轻轻地弯下腰，说着："你会明白的！""可是，我并不明白。""我说过，你会明白的，只不过是时间的问题。你懂吗，时间。"唉，小琪说话总喜欢这么深奥，让我这只笨头笨脑的猫想不明白。

"走吧，我们还要去找阳光呢！"小琪说。

"猫！"一个单薄的女孩惊叫着，声音却是那样的柔。我吓坏了，小琪也惊呆了，急忙乖乖地和我的身体融在一起。女孩缓缓地蹲下身，把手伸向了我。我"喵喵"地叫着，不断地向后退着，直退到了墙角。她还是摸到了我，当她温暖的小手摸到我身上的时候，我感觉十分温暖，再也不想让她离开了。"可怜的猫咪，没有人要你么？"她细声细语地说着，我可怜地舔着她的手，我觉得她的眼睛里有一种让我感到很熟悉的东西，就像是妈妈的眼睛。"喵。"我依偎在女孩的怀里，我知道这种快乐只能持续到她发现我是只跛脚猫。可是就算是一秒钟，我也想感受。"小宝贝，走吧，我带你到我家去。""喵——"我叫着，怕是又要被赶出来了，还是做好心理准备吧。

女孩的家离这儿很远，真不明白她为什么绕远路到这儿来。我蜷缩在她怀里，看着太阳，她在向着太阳的方向走！我很欣喜，这个女孩子的家就在面对着太阳的地方，说不定我能在那儿找到阳光呢！想到这儿，我快乐地叫了几声。那女孩立刻睁着明亮的眸子打量我："小猫咪，为什么这么开心哪？嗬嗬，快乐的小家伙。"我突然不想去寻找阳光了，我想和女孩一直在一起，做她的朋友，可是，我也知道这是不可能的。想到这儿，我的心凉了半截，默默地躺在她怀里，看着远方晃动的太阳。

"到家了！"女孩轻轻地把我放在地上，前面是一扇打开的门。再见了，女孩，虽然我很喜欢你，可是我一定要离开的，你不会再喜欢我这个跛脚猫了。我含着泪，一拐一拐地走着，等着女孩尖叫着把我踢出门外。"噢，跛脚猫！"她叫起来了，我止住脚步，回头看她，她的眼里没有厌恶，只有爱怜在闪动。我的心颤了一下，她抱起了我，温柔地对我说："猫

第一部分 寻找阳光

咪，可怜的宝贝呀！你真是个让人喜爱、让人怜的小家伙。我可以做你的朋友吗？"我惊喜极了，这个女孩如此善良，没有抛弃我这只跛脚猫。"喵——"我轻柔地叫着，躺在女孩的怀里，我似乎听到了她那颗善良纯真的心在温柔地跳动。

　　女孩的家有些简陋，只有一张床，一扇纸糊的窗户，还有一些简单的家具。这和以前的大胡子叔叔，梳着辫子的女孩的家比起来，简直是太寒酸了。可是，我知道这里有我真正想要的。"喵——"我叫了一声，从女孩怀里跳下来，跑到窗口下。女孩看着我，满脸是笑意，"看来你很喜欢这里！哦，我有些累了，想睡一觉，乖乖的，不要乱跑呀！"女孩说着，躺到硬邦邦的床上睡去了，待到她睡熟的时候，我叫出了小琪。

　　"小琪，小琪！""哎哟，又什么事？""我……我不想——""你该不会是不想继续寻找阳光了吧？""嗯。""菲儿，怎么能够这样，我真拿你没办法。这女孩不能给你带来幸福的，猫，就应该自由地生活，菲儿，你再好好想想。"我觉得小琪是很聪明，可是为什么她总不能理解我呢？

"我……"可是，我还是犹豫了，我知道，我是只有些傻的猫，没有小琪的帮助，恐怕我会做许多傻事，所以当小琪提出质疑的时候，我也不敢那么肯定了。正当我犹豫的时候，一阵风从窗口刮来，把桌子上的一张纸片吹掉了，正好落到我面前。我看着那上面的字，突然惊呆了——学生姓名：阳光……后面的字我再也无暇去看，我对小琪欣喜地喊道："小琪，我找到阳光了！"

　　　　　　　　　　　　　　　　　　　（指导教师：范晴晴）

画中蜜色小屋

高　琳

　　米可是个五年级的学生，能歌善舞，爱幻想，是阳光小学的校花。她有雪白的肌肤、乌黑的大眼睛、长长的睫毛、红红的嘴唇，连白雪公主都没她漂亮呢！

　　一天，米可放学回家，来到了妈妈开的"梦之花"店里。她看到墙上挂着一幅奇妙的画：一片大森林中有一块平坦的草地，上面有一座三层的蜜色小屋，门前有一个大花园，里面的花儿五彩缤纷、鲜艳欲滴。小女孩神色温和、面泛红光，显得十分圣洁可爱。她的旁边卧着一条狐狸狗，毛茸茸的。几座山坡托着一轮红日喷薄而出。万丈金光照耀万物，蜜色小屋在阳光下闪闪发光。米可呆呆地看着这幅画，决定晚上再来。

　　晚上，米可站在画前，看着这幅奇妙的画。她的手无意识地摸向太阳，刚刚一碰，她就昏了过去。醒来时，米可已经躺在草地上，身边的女孩和蜜色小屋是那么熟悉。米可坐起来，惊奇地想：莫非我在画中？小女孩笑着，大方地伸出手："你好！欢迎来到玻璃城，我叫咪咪，是这里的公主。"米可问："我还能回到现实中去吗？"咪咪说："大约是不能回去了，因为我们都还没回去过。"又接着说："既然你不能回去了，那么你就在玻璃城和我们一起好好地生活吧！这里不会消耗热量，所以你不用吃东西；这里不会出汗，所以你不用喝水；这里没有灰尘和病菌，所以你不会生病；这里是神奇的画中玻璃城。我要告诉你，在这里的日子得分割成三段：清晨和上午的时间用来沉思和体会生活中的一点一滴；中午和下午的时间用来玩游戏；晚上的时间用来经营自己的幻想国。现在正是中午，让我们来唱歌吧！"米可亮出歌喉，婉转动听的歌声引来了玻璃城独有的水晶鸟，它在米可头顶上盘旋歌唱，咪咪都听呆了，半晌才说："哇，你的声音好好听噢！"米可害羞地笑了。

到了晚上，弯弯的月亮被云朵托上了天，金黄的星星嵌在天幕上。米可好奇地问咪咪："我刚来的时候你说的幻想国是怎么回事呀？"咪咪说："你现在闭上眼睛从1数到100就能知道是怎么回事了。"米可闭上眼睛数完100，睁开眼睛，发现自己来到了一个完全透明的世界。路上的人像是水晶雕塑一样透明，每个人身上都长着一对淡蓝色的翅膀，红花瓣一样的心在胸腔里微微颤动着。每当他们一个个向咪咪迎面走来，都会恭敬地向咪咪鞠个躬。米可说："这就是属于你的幻想国吗？"咪咪点点头说："没错，让我们也看看你的幻想国吧！"米可和咪咪一进入自己的幻想国就脸红了，因为米可的幻想国是一片荒废了很久的国土。咪咪奇怪地问："难道你们那儿的人从来就不经营自己的幻想国吗？"米可惭愧地问咪咪："我该怎么样才能经营好幻想国呢？"咪咪回答："只要你把自己想要的东西在脑海里生动地、形象地表现出来，就可以了。"米可开心地仿照咪咪的幻想国来创造自己的子民，她体会到了创造的乐趣。

白天，米可和咪咪静静地思考和玩游戏；晚上，米可快乐地创造着自己的幻想国。在思考中，米可明白了过去的日子她总是努力着，认为生命的终点总会有幸福在等她，其实幸福就藏在生活中的点点滴滴，就在于你有没有一双能发现各种事物的眼睛，会不会享受生活。在玩耍中，米可抛开一切忧愁，和咪咪、小狗玩耍；在幻想国里，米可明白了创造力是人类身上最美好的力量……米可在玻璃城里，快快乐乐地生活着。而她的幻想国，也越办越精彩了……

有一天，米可和咪咪卷着裤管坐在草地上，双脚在水里晃悠着。突然，米可踩着了一块硬邦邦的东西。咪咪帮她在水里摸索着，捡起了一块散发着五彩光芒的鹅卵石。咪咪大叫着："米可你太幸运了，这就是传说中神奇的许愿彩石啊！"米可问道："这个许愿彩石有什么用啊？"咪咪兴奋地回答："你如果找到许愿彩石，那么就可以许三个愿望，你马上开始吧！"米可犹豫："咪咪，你是想和我回到现实中去呢，还是继续留在这里无忧无虑地生活呢？"平时十分开朗的咪咪这时候略显忧郁地说："米可，你要寻找自己的幸福，这里随时都等着你回来。"米可虔诚地闭上眼睛，双手合在胸前，手心里放着那块许愿彩石，道："一是我想回我的家；二是永远快乐；三是随时还可以回来！"米可身边顿时出现了一道五彩门，咪咪把出现在空中、吊着的水晶小熊吊坠的银项链取下来，挂在米可的脖子上，对她说："这是幻想国留给活泼开朗、聪明善良女孩的智慧水晶，你可以向它许三个愿望。如果你许的愿望充满智慧而且合理，那么智慧水晶将永远保持温暖，并且发出蓝莹莹的光，那么你就可以随时回来。以后你每做一件善事，智慧水晶都会升一级……"停顿了一会儿，又说，"走好！"米可恋恋不舍地走进了五彩门，霎时间消失在五彩门中。

"梦之花"店里发出一道五彩光芒，米可出现在了画前。这时仍是黑夜，米可走出店外，站在静谧的马路边，望着夜空。启明星像一滴银露，滴落到山后的森林里去了。暗绿色的池水，摇着一点一点晕黄色的灯光。新的一天又开始了……

（指导教师：刘玉青）

011

爱来敲门

殷　悦

很久很久以前，权力、金钱、爱一起流落街头。

傍晚，他们敲开农夫家的门，希望农夫能够收留他们过夜。"请收留我们吧，我们又冷又饿！快死了！"金钱可怜兮兮地说。

权力是个大胖子，金钱长得很漂亮，只有爱看起来又瘦弱又平凡。

农夫是个热心肠，就对三人说："快请进吧！我虽然很穷，但我愿意帮助你们。"

"不行，我们有个规则，你只能帮助一个人，让他进你家的门。"权力说。

农夫遇到了一个难题，不知道怎么办才好。

权力抢先说："收留我吧！有了我，你们就有了地位，别人会来巴结你们，你们就不用过被人欺负的日子啦！"

"太好啦！"农夫高兴地说，"我受够了被人欺负的日子了！"

"不行！"农夫的妻子立刻反对，"这样，大家会在背地里说我们的坏话，那样还不如当面被别人欺负呢！"

金钱得意地说："那就收留我吧！我是金钱，我可以给你们换一所大一点的房子。你，农夫的妻子，还可以买很多你想买的珠宝。"

"太好了，金钱最好！"农夫的妻子高兴极了。

农夫皱着眉头说："不义之财不可用。我还是用我自己挣的那点可怜的钱踏实。"

权力和金钱生气地离开了。农夫和妻子这才发现一直一言不发的爱。

"我不能给你们权力的光环，也不能给你们金钱的富贵。"爱有点害羞，"可是，当你们没钱买米的时候，你们的邻居会送来一小袋米，我就在那里；如果你被人欺负，回到家，你的妻子会在你身边安慰你，我就在那里；吃过简单的晚餐，在温暖的火炉边，你给孩子们读书，妻子在缝补旧衣服，我就在那里……"

爱还在喃喃着，农夫却打断了他，兴高采烈地对妻子说："我们应该收留爱。不，他是我们最尊贵的客人，他为我们带来了最好的礼物，那是权力和金钱永远给不了我们的。"

农夫的妻子极尽所能为爱做了一顿简单的晚餐，爱用温暖和笑声把农夫破旧的房子装扮得很美很美……

（指导教师：吴勇）

013

第一部分 寻找阳光

风铃记

曹美江

我是一个小小的风铃，淡淡的绿色，一直飘在她的卧室门口。

记得我是被这家的女主人从云南买回来的。一路上，我静静地躺在她温暖的皮包里，想象着我的未来：她的家是否很华丽，是双层大别墅？不不不，那样的大别墅我怎么配得上呢。但愿不是农村小草房啦。不过，这种可能性是很小的，农民伯伯整天忙着种地哪有闲情来云南游玩啊……唉，不想了不想了，凭运气呗！

咏啦！车终于停了下来。哦，不对不对，准确地说是飞机停了下来。只见一位满脸胡子的男人接走了我们。于是我便到了这个家。

初进房间时，我见到一个可爱的女孩，便认定她就是我的小主人。当我被她抱在怀里时，我感到她似乎很喜欢我。不，准确地说是喜欢我这身衣服。她不停地摸着我的草编小帽，开心地笑着。我趁机环顾四周，打量她的家。这个家既不像我想象得那样华贵，又不算俗气，很朴素简洁的样子。这个女孩的屋子主打色是嫩绿，很自然，像徜徉在绿色海洋里。我很快就陶醉在其中了，仿佛熟悉了此地已几百年。

可是不一会儿，我被一阵疼痛感从陶醉中拉了回来。原来是小主人踩着小凳子用图钉把我固定在门框上呢！我没有反抗，只是让身子随着风荡漾着，发出一阵阵声响。"多么美妙的声音啊！"一声悦耳的话语从她嘴中飞出来。我很快乐，因为我为小主人创造了快乐。

当我与小主人熟悉了后，她每天都来陪我玩，她还小，个子矮，需要踮起脚尖伸直胳膊才能摸到我。我很心疼小主人，可是没办法，我的身高也有限。

随着时间的推移，小主人长大了，变得又高又大。她再也不用像以前那样费尽力气，而是轻而易举地一抬脚，头就可以碰到我身体。

虽然现在她可以轻松陪我玩了，不过她也更忙了。她现在仅仅只能在来回进出房间的时候，蹭蹭我的身子。我有些失望。

"铃铃——"这一次，她来了个超级大蹦蹦，把我撞得头晕目眩！不过我清楚地看到，她咧着嘴正愉快地对着我笑。

（指导教师：田地）

让爱走进来

朱亦清

他，在家排行老二，既不像大哥，成熟理性、足智多谋，又不像小弟，单纯感性、可爱善良。他在家不被重视，又没钱上学，只能下地种田。他恨透了这个家。

17岁，他离家出走，在上海打拼。受尽了冷眼，流尽了汗水，滴尽了泪水。日子清苦压抑，可总比在家好一些。他有目标，有理想，这些都是他坚持的动力。十年过去了，当初的打工仔，变成了身家百亿的CEO，住着好房子，拥有众多仆人。

但在他心里，却因为小时的苦和打工的苦，不再相信任何人。

大房子，自然有花园。可他，下令把花挖走，他不需要任何花花草草来装饰生活。他很少与家人联系。他，没有倾心的爱人、忠心的朋友。他有的，只是一大片空空的土地和一幢巨大的房子。他，快乐吗？小弟写了一封信给他，说，爸得了重病，恐怕……想见他最后一面。

那一刻，他知道了什么是慌张。坐了两个小时的飞机，三个小时的大巴，他一头扎进他们的家——破旧的砖瓦屋。妈走了出来，热泪盈眶。摸着他的脸，说不出话来。他走进屋里，爸在里面，咳嗽之后，是虚弱的声音："回来啦，回来就好了。"15岁的小弟走过来，眼睛亮亮地，他说："哥哥，那边的花开了。"

他哭了出来，原来，自己心里是爱他们的。

他把家人接到了别墅。在土地上种上了美丽的花。他开始亲近朋友、家人，他把一半钱捐给了希望工程，他还找到了爱人。他不如以前富有，可他有了爱，他很快乐……

在他晚年时，常常教导孙儿们："拥有再多的钱也带不来快乐。不如，让爱走进来，打开爱的门，让爱情、友情、亲情走进来，你会收获到比财富更重要的东西。"

（指导教师：马艳萍）

017

第一部分 寻找阳光

榕树大王之死

刘子微

在一块曾经十分肥沃现在却很贫瘠的土地上，在一片曾经十分茂密现在却很稀疏的森林里，住着一棵千年榕树。他很粗壮，五六个人都不能合抱。他的枝叶也十分茂盛，树枝像强壮有力的手臂，张牙舞爪，千姿百态。他的主干很直，上面一丝一丝的纹路清晰可见。他的根又多又粗，深深地扎进了土壤中。走近他，还可以闻到他身上散发出的淡淡的清香。从远处看，这棵树似乎还年轻着呢。他就是这片森林的主人——榕树大王。

由于榕树大王活了三十六万五千天，历尽风雨沧桑，天上的事他知道一半，地上的事全知道，所以，森林里的大事都由他来操办。最近，他不停地收到动物居民们的投诉，说人类破坏环境、污染空气，使他们不得安宁。榕树大王抚摸着自己身上被伐木工人用斧子砍出的一个个凿痕，看着周围越来越少的树木，决定召开"第一届森林大会"。他要求所有森林居民都来参加，以便商讨对策。时间就定在第二天，因为根据天气预报，那天有暴风雨，工人们应该不会来伐木。

"通讯官"啄木鸟把榕树大王的指令很快传达下去了。到了开会时间，所有居民都准时赶来了，个个风尘仆仆。榕树大王说："我活了一千年，这是第一次召开全体大会，我们要讨论人类破坏环境的问题。谁先讲？"榕树大王的声音十分洪亮，也略带颤抖。他的话音刚落，"没壳龟"就说道："最近，人们不停地捕捉我们乌龟家族，我的亲人们一个一个地被人类的大手抓去做龟苓膏。我为了活命，只好忍痛割爱，将龟壳扔掉，使我看上去不像一只乌龟才逃过一劫！""没壳龟"悲伤极了，眼泪汪汪的。他刚说完，一声狼嚎传来，原来是"食素狼"在哀叫。"现在，人们说我们是专门吃人的恐怖分子，不断地猎杀我们。这可实在是冤枉啊！我为了避嫌，现在连肉都不吃了，改吃素了！"说完，瘦得弱不禁风的"食素狼"津津有味地喝起"四鹿牌"牛奶来。"且慢！"林中最高质检局长"碧青竹"告诫道，"我听说最近在人类加工的牛奶中检出了三聚氰胺，吃了会得胆结石的……""碧青竹"的话还没有说完，伐木工人们又来伐木了。

"糟糕，暴风雨要来了，工人们到了上班时间了！"榕树大王喊道。霎时，工人们将一棵棵大树砍倒，有的还用吊车连根拔起。一棵棵参天大树接二连三地轰然倒下，参加会议的动物们只能左躲右闪。动物们想走，但又怕对不住榕树大王；想留，又怕被倒下的树木压死，不知如何是好。

"你们不能这样，"隐居在山中的智慧老人终于出来说话了，"树木和动物是我们人类的朋友，我们不应该破坏他们的生活。以前这儿是一片多么美丽富饶的土地啊！而现在却是满地的树桩，动物们都逃走了，土地硬得跟水泥似的，乍一看别人还以为是烧烤场呢！"年逾五百岁的智慧老人又气又急，不住地捶胸顿足。伐木工人听得半信半疑，过了半天，才支支吾吾地说道："我……我们也是为了养家糊口呀！"这时，伐木场老板大摇大摆地走了过来。他肥头大耳，西装革履，还镶了两颗大金牙。"大金牙"对那位犹豫不决的伐木工人吼道："停什么停，快点给我砍树，否则扣你一个月工资！"边说边踢了那位工人一脚。智慧老人见状，无奈地摇了摇头，哀叹道："无可救药，无可救药也！"

暴风雨终于来了，遮天蔽日、排山倒海地来了。天空中乌云密布，电闪雷鸣，似乎在倾诉着对人类破坏大自然的不满和愤怒！大部分工人走了，可仍然有几个工人还在砍伐千年榕树大王。工人的斧子每砍一次，榕树大王就感到呼吸愈加困难。见这棵树太大，难以砍断，工人们还开来了吊车，准备把他连根拔起。此时此刻，只要再用点力，大树就将倒下。突然，榕树大王勃然大怒，似乎是一座积蓄了千年力量的火山，终于爆发了："我们树木为你们供氧，为你们防风固沙，防止水土流失，而你们却用锋利的刀尖对着我们。如果没有了我们，你们将生活在茫茫沙漠之中！"

"轰隆隆"，一道白色的闪电划破了天空。即将倒下的大树对天怒吼："我活了一千年，为人类供应了三十六万五千天的氧气，而你们却砍倒我，你们会遭到报应的！我的根在一千年的时间里，扎入了地球的中心，如今，你们将我连根拔起，强大的力量会使地壳板块发生变动，造成火山喷发和强烈地震的！你们等着吧！"

榕树大王倒下了，可他那洪亮而又略带颤抖的声音却并没有消失。直到现在，还在灰色的天幕上久久地回荡……

（指导教师：冯伟民）

叶　子

陈海林

我是一片叶子，来自一棵普通的树，没有特别的身体，也没有吸引人的香味。

冬天北风呼呼地吹着。就在昨天，我下面的一片叶子说："再见了兄弟，我要回到大地去了。"在树的摇晃下，他飘落了。刚才，我上面的一片叶子说："我要在风的帮助下，去旅行了。"在风的催促下，他飞走了。

看着自己逐渐枯黄的身体，我很寂寞，也很害怕，但我还不想离开树妈妈，无论她怎样摇，风怎样恐吓，我还是牢牢地抓住树妈妈，因为我还想在这个美丽的世界上多待一会儿。于是，树枝上只剩下我这一片叶子。孤独中，我回想起了自己的一生。

春天，我在春姑娘的怀抱中出生了。从树妈妈身上长出嫩芽。没等我玩够，在风姑娘的催促下，我就变成了一片绿叶。看着树下欣赏嫩绿的人们，快乐玩耍的孩子，我在摇曳中"格格格"地笑了。笑声中，花儿开了，蜜蜂整天围着他，讨好他，对我瞧都不瞧一眼，我也不在意。

夏天，我已长成大人，日夜不停地工作、工作再工作。夜晚呼吸二氧化碳，白天进行光合作用，是多么辛苦，我却没有抱怨一声，始终为树妈妈输送氧分，为人们撑起阴凉的大伞。虽然，有一天树会把我抛弃，我也从不后悔。我在摇曳中笑，笑声中花儿谢了，果实长出来了，蜜蜂却飞走了，我还是不在意。

一生中最亮丽的时候，便是秋天了。那时的我最耀眼，我可以穿上五彩的衣服，由淡绿到深绿，再变成淡红，深红，最后成为枯黄。在我的变换中，秋天变得五彩斑斓。秋天，是我最快乐的日子。有时想起我童年的记忆，不由哈哈大笑，因为我从前有什么事都是快乐的。在笑声中，果实成熟了，落地了。

现在冬天到了，寒风呼啸，看着飘落在地上的兄弟姐妹，我叹了一口气，生命即将回归大地。想起童年的时光，和兄弟们一起随风大哥唱歌。"呼啦啦，呼啦啦"，我是多么的快乐。

虽然，我一生都没有挪动过地方，但从未嫌弃过环境的好坏。走得最远的地方，便是落到大地上，也是我人生中的最后一段路程。

（指导教师：曹旭）

小镇悲歌

宋月玥

一片茂密的森林，紧挨着一个风景如画的小镇。森林里松柏参天、草木葱茏，如同一片绿波荡漾的树海。

清晨，太阳露出通红通红的笑脸。灿烂的金光洒向森林，每一片叶子都在阳光下闪闪发光。沉睡的森林苏醒了，"叽里里，叽里里！"伴着一阵灵动而欢快的晨歌，静谧如梦幻般的大森林奏起了一支充满活力的交响乐。动物们走出温暖的屋子，开始了愉快而辛勤的劳作。在铺满落叶的云杉林里，兔妈妈领着一家子蹦蹦跳跳地采蘑菇；在缀满鲜花的绿草地上，梅花鹿姐妹俩认真地进行着跑步比赛；在清波荡漾的小溪流边，棕熊们正热火朝天地种着柳树；在曲径通幽的大松林中，金花鼠七兄弟正在努力地捡树下的风落之果……愉悦的欢笑声从树梢上滚落，从草地上飘散，从树林中飞出，从小溪边流淌，回响在大森林每一个角落。夜晚，一轮皓月挂在天空，穿越云层吟唱着越过千年的歌谣。钻石般闪耀的星星在深蓝的天幕上好奇地眨着眼。皎洁的月光如银沙一般洒在森林中，把大森林的每一个角落都撒上闪烁的银光，如同一个清澈的泉眼，银色的月光汩汩而流。朦胧中，一片清幽，如梦如幻，亦真亦假。静静得如深山中的古林，云雾中的幽泉，无声地淌……

这样甜美清新的日子过了很长时间。有一天，在这个"两耳不闻窗外事"的世外桃源旁边，人类在从前那个风景如画的小镇上建起了一个火力发电厂。一个高耸入云的大烟囱在一夜之间拔地而起，夜以继日地吞云吐雾。"呜——呜——呜！"大烟囱吐出漫天的滚滚浓烟，方圆十里如同害了大病一般，"咳！咳！咳！"该死的咳嗽声此起彼伏。

大烟囱虽厉害，但绿树却是克制它的宝物。在这片大森林中，动物们仍可以过着"日出而作、日落而息"的和美日子。但是，好景不长，一天，这静谧的大森林中来了一伙不速之客——一群拿着锯子的人类。他们野蛮地来到一棵大树前，不由分说地就开始砍伐。"吱嘎！吱嘎"的声音像妖怪在咆哮。动物们从睡梦中惊醒，惊慌失措地四下逃散。几天工夫，绿波荡漾的树海已经成了一个又一个光秃秃的树墩。而人类，一伙可恶的强盗，却狞笑着离去。动物们再次回到以前的森林，抚摸那曾经带给它们多少欢乐的树，不！树墩！那柔软却不复存在的草地，那清澈却已污浊的溪流，一切的一切，该往何处寻觅？

大烟囱仍日夜嚣张地吐着浓烟，没有了大树的庇护，这片树墩也被吞没。分不清白天黑夜，春夏秋冬，日夜被浓烟包围，已经成了名副其实的"灰森林"。往昔风景如画的小镇，如今已是荒无人烟。人类啊！何时才能醒来？

孤城中，秋风瑟瑟，荒草丛生。只有无数个孤单寂寞的背影，静静地悲哀地伫立着……

（指导教师：方静）

蒲公英的旅程

张静婷

　　大家知道蒲公英吧？她虽然没有玫瑰那么艳丽，没有百合那种不可侵犯的威严，但是蒲公英却有着她们没有的东西——独立。等她长大了，就会离开土地的怀抱，随风摇曳，开始自己的一段旅程。有一朵蒲公英，在自己的旅程中遇到了许多美好的事情。乐于分享的她，开始讲述着自己在旅途中的故事……

　　首先，她来到了野生动物园。一群活泼的猴子见到她，热情地向她打招呼，还问她从哪儿来，打算到哪儿去。她莞尔一笑，说："我的家乡是在某个村庄的山腰上。我打算去一个令我最依依不舍的地方——那里有永恒的自由，有美丽的风景，有青山绿水……"猴子们听了问："那是哪里呢？为什么你要这样飘来飘去呢？""那个地方是哪里，我还没有想好。不过，我想在我的旅途中，一定会遇到一个令我恋恋不舍的地方吧。"蒲公英说，"我这样一路飘浮着，是因为我喜欢自由自在的生活。就好像人们喜欢旅行一样，我要环游世界。"告别了猴子们之后，她一路上还看到许多动物——天鹅、马、大象、长颈鹿、考拉、熊猫，并且和他们都成了好朋友。

　　她飘啊飘，飘过青青小草，飘过安静的溪流，飘过荒地，飘过沟谷……

　　她现在来到了森林公园，那里环境优美，树郁郁葱葱，花姹紫嫣红。她忽然觉得，这就是她向往的地方。"小妹妹，你就是蒲公英吧？"一阵声音从后面传来，蒲公英一看，原来是榕树。"是的。我来自一个小村庄的山腰上。"蒲公英回答道。她经过马路的时候，看见了许多榕树挺立在马路两旁。他们就像哨兵，守护着人类的家园，爱护着大家的地球。不辞辛苦地抵挡风沙，为大家创建绿色世界。"你要去哪里呢？"榕树问。蒲公英有点不好意思了，她小声地说："请问……我……可以住在你们这里吗？"榕树笑了笑，说："原来你想在这里生活！我们当然，热烈欢迎啊！"话刚落音，小溪、花儿、小草和其他树木都欢喜起来，热烈庆祝他们这里又多了一名新成员。

许多年后，森林公园的小溪两旁长满了很多蒲公英，给绿色的森林增添了一些斑斓的色彩。

关于一朵蒲公英的旅程，就此拉下帷幕……

（指导教师：石铠）

朋友的哭诉

杨瑢羽

人类总是说自己是动物的朋友，可是他们根本不知道自己的一些行为已经伤害了动物。这些伤害就像自然界里的洪水和地震那么可怕，下面就让我们来听听动物朋友们的哭诉吧。

大家好，我是一只可爱的小蚂蚁。有一天，我正在美美地睡午觉，忽然我的家像地震了似的，摇晃得非常厉害，紧接着兄弟姐妹们都尖叫起来。有的小蚂蚁都被吓哭了。蚁后带着我们走出洞穴一看，原来是被我们叫作"巨人"的人类在作怪。我以前不知道人类是什么样子，所以我使劲抬头看他们，但也只能看见半个身子。我听说，人类的腿像柱子，身体像山，头比我们的洞穴还大！可想而知，渺小的我们，对他们来说就是一粒沙子，所以人类常常把我们掐死、踩死。每一次我看到这个场景时，都非常地心痛。人类，你们是那么强大，为什么还要伤害弱小的我们呢？

我是一条鲨鱼，一条快乐的鲨鱼，但从那天以后，我变得非常忧郁。那一天，我和朋友正在快乐地游戏，忽然，一个怪物来到了海底，抓住了我的朋友，飞快地向上移去。我的朋友拼命地摇动身体，想摆脱那个大怪物，可是无论他怎么努力，怎么使劲，对大怪物一点作用都不起，还是被紧紧地抓着。我紧跟着那个大怪物，想看看它要把我的朋友带到哪儿去。我向上游了一小会儿，来到了海面上，看见大怪物把我的朋友抓到了一条船上。我本想把朋友救走，但是怕有人发现我，就一口气游回了家。我把这件事告诉了妈妈，妈妈说："捉你朋友的怪物叫人类，他们捉到我们后，会把我们的鱼翅割下来，做鱼翅汤，把我们的肝拿出来，做鱼肝油……"我听到这些话，感到伤心极了，心想："为什么人类为了饮食上的一点欲望，就要把我们赶尽杀绝呢？"

我曾是一只在天空中自由翱翔的雄鹰，可是现在，却被关在动物园的笼子里，失去了自由，失去了属于我的一片天地。被关在笼子里的日子是孤独的，我每天都在怀念那辽阔的草原，起伏的山丘，清清的小河，还有那些洁白的羊群……尽管每天都有人给我送饭，每天都不会饿肚子，可是人类，你们知道吗？这些东西都不是我需要的，我需要的是——自由！我宁愿每天都辛辛苦苦地捕食，有时还会饿肚子，也不要每天让别人送饭给我吃。我要当天空中的王者，而不是被关在笼子里的小小鸟。人类啊，如果你们真的知道我需要什么，就请把我放了，你们不能为了一点好奇心，而剥夺我的自由呀！

这就是动物们的哭诉。原来，自然界的动物朋友们对我们人类有这么多意见！作为人类，我们是不是该好好反省呢？

（指导教师：罗红）

028

爱的力量

张　芳

从前，在一片茂密的森林里，住着许多可爱的小动物。其中小鸟和小兔是一对好朋友，而蛇是它们的死对头。

小兔有一颗宽宏大量的心，非常善良。

小兔一直有一个了不起的梦想——尽心尽力地为大家做有益的事。

小兔看见小鹿的篮子弄丢了，就帮它找了回来；小兔看见一块大石头正朝小狗的头上往下落，于是它把小狗推开，石头却落在了小兔的身上。从这以后，小兔失去了一条腿。小兔看见熊猫阿姨家里很乱，就拄着小拐杖，把熊猫阿姨的家里收拾得干干净净。

狮子大王知道了小兔做的事情，奖给它一个金色的奖杯。而这个奖杯又是蛇一直都想得到的东西，现在这个奖杯被小兔夺去了，蛇非常生气，想要除掉小兔。

但偏偏蛇做错了一件事，狮子大王便把蛇抓进牢房。过了几天，小兔向狮子大王为蛇求情，说："大王，您把蛇放了吧，它也是一时糊涂才会这样做的，求求您把它放了吧！"狮子大王便把蛇放了出来，而蛇并不知道，是因为小兔求情它才被放出来的。

炎热的夏天，小鸡中暑晕倒在了路旁，周围的动物看见了，都无动于衷。唯独小兔找来一根细小的针，把小鸡的每个手指上都扎了一个小孔，过了十几分钟，小鸡醒了过来，对小兔说："谢谢你！"小兔爽快地答道："不用谢，这是我应该做的。"

蛇看见了，心里很惭愧，就打消了干掉小兔的念头。

严冬的早晨，鸭子的食物吃光了，就坐在家门前大声地哭泣着。小兔见了，跑到鸭子的身边说："别哭，马上就会有吃的了！"说罢，小兔从家里把自己平时积存的食物，都拿来给鸭子吃。然而，它自己却没有吃，肚子在咕咕地叫。鸭子问小兔吃过没有，小兔说："我在路上已经吃过了。"

　　蛇又看见了小兔做的事，更加惭愧，心想：小兔真善良，我当初还产生了那种念头，真是太不应该了，从现在开始，我要改变想法，向它学习！于是，蛇来到小兔家里请罪。小兔笑眯眯地说："知错能改，善莫大焉嘛！没事儿。"

　　从此以后，小鸟、小兔和蛇成了好朋友。

　　小兔为大家做了那么事情，甚至，还让蛇弃恶从善，小兔的爱，竟然有如此大的力量！

（指导教师：张翊奇）

爱在"五一"

段晚彤

"五一"节又到了，森林里的小动物们都开始忙起来了，森林里随处可见"不劳动就没有收获"的横幅。看到这些横幅，小松鼠亮亮想：每一次吃东西都要到外面去找，麻烦死了，干脆趁这个"五一"节在家门口种几棵榛树好了！想到这里，小松鼠便行动了起来。

其他小动物们也按着自己的想法开始了新的劳动节。

可是在一片忙碌中，有一个娇小的身影，一直躲在角落里。

那是一只小白兔，大家都亲切地叫它小白，小白原本有一个温暖的家庭，有爱它的爸爸和妈妈，可在不久之前，因为小白的任性，小白的父母永远地离开了它，而小白的一只手和一只脚也没有了。

那天是小白的生日，小白缠着爸妈带它到对面山上去玩。爸爸告诉它那里很危险，小白不听，无奈，爸妈只好带它去了。可是没想到，它们遇到了一只狼，狼把爸爸和妈妈都吃了，并咬断了小白的一条腿和一只手。

从那以后小白不再笑了，因为失去了一条腿和一只手，小白也失去了自理能力，走路都走不稳，甚至有些不友好的小动物还骂它"小跛子"。

"五一"到了，可它劳动不了，小白眼里充满了泪水，它蜷缩在角落里，不肯出去。

一小时后，小白以前的好朋友小熊点点来到了小白的家里，手里还拿着一些小小的、黑黑的、形状各异的东西。

"小白！"

"嗯。"

"我买了一些种子，今天是劳动节，我们一起去劳动吧，先去把这些种子种在你家后院里，我们再把房子打扫一遍，好不好？"

"可是……我动不了，做不好这些事。"

"没关系，你来给我打下手嘛。"

小白点了点头。于是点点抱起了小白把它带到了后院。

在后院，点点锄草、松土，小白撒种子，点点搬来一桶水，小白浇水。

"过不了多久我们就可以看见这些种子发芽了，小白，这些种子里有你爱吃的胡萝卜呢！"

"谢谢你，点点。"

种完这些种子，小白和点点一起打扫起了房间，这时刚种完榛树的小松鼠亮亮来了。

"小白、点点，你们在整理房间吗？我来帮你们，这样会快些，我们就可以早点出去晒太阳了。"

于是它们一起忙了起来，又过了一会儿，小猴欢欢也来到了小白家。

"小白、点点、亮亮，你们在干什么呢？需要我的帮助吗？"

"我们在打扫小白的房间呢，你也加入吗？太好了，人多力量大呀！"亮亮回答。

大家又忙起来了，打扫到一半时，小猫装装也来了。

"小白、点点、亮亮、欢欢，你们在打扫吗？我也要参加，我正愁没事做呢！"

有了装装的加入，大家打扫得更快了，没有多久，整个房子好像重新装修了一番似的，干干净净，整整齐齐。

小白心中充满了感激，它知道，这四位朋友其实是有很多事要忙的，可是它们却陪着自己，帮助自己，它十分感激这四个好朋友。

"谢谢，谢谢你们，我真不知道该怎么报答你们。"

"不用谢，报答什么呀，我们都是朋友嘛！"

"如果你真的要谢谢的话，那你就多笑笑，这就是对我们的报答啦"

"嗯。"

从此以后，小白的脸上又充满了笑容，开心乐观地面对每一天。

（指导教师：冯学兰）

第二部分

藏在被子里的爱

爸爸就这样在后面跟着我，时远时近。不能太近，太近会伤害我的自尊；不能太远，太远就看不到我了。就这样，我们父子二人在熙熙攘攘的雪场上滑滑停停……

——董奕楷《跟着》

0.6厘米的爱

田子千

　　　　一个小小的鸡蛋，包含着我的爱。一块0.6厘米宽的骨头片包含着父母太多的爱。

　　　　　　　　　　　　　　　　　　　　——题记

　　一个鸡蛋，那么脆弱，一磕就会碎，一碰就会烂。它正如儿时的我一样娇小脆弱。

　　2006年春天，我匆匆赶往学校。一条必经马路，车来车往。当确定四周没有车时，我匆忙地迈出了脚步。一辆三轮车突然疾驰而来，顿时，我感觉车轮子犹如泰山压顶般压住我的右脚，身子再也不听使唤，狠狠向后一摔，倒在了地上。我艰难地用手支撑着地面，站起来的那一刻，我的脚仿佛刺进了千百根细针一样疼痛。

　　三轮车的师傅也下了车："来吧！上车，我带你到医院。""不用，不用。"一想到还要上学，我竟不知哪来的勇气，忘记了疼痛，转头一拐一拐地向学校走去。

　　当我坐在座位上正要复习语文书时，我万万没想到三楼的教导处响起了爸爸的电话。拿起电话，我的眼里充满了泪水。爸爸着急地问："你痛不痛，你为什么不给我说……"听着听着，我的眼泪情不自禁地流了下来。这种充满着唠叨的关心，让我感到腿不再那么疼痛。"你怎么不说话，我急坏了！""我……爸，对不起！"我的声音哽咽了，父亲原来那样地爱着我，"你等着，我这就去接你。""咔嚓"，电话在那边挂了。我慢慢地放下电话，含着泪水走出了教导处。

　　十分钟后，爸爸急匆匆地赶到学校，眼圈通红，好像哭过了一样，他二话没说，背起我就向医院跑去。

当我在X光检查室门前等待时，爸爸在我旁边，坐立不安。他使劲地抓着头皮，连声叹息，头不停地左右转动。检查室门口静得出奇，只有爸爸在走廊里来回踱步的声音。

"千儿！"我的头轻轻地转向左边看，是妈妈。妈妈也气喘吁吁地来了。"怎么样，痛吗？""我……不痛。""不要骗我！""真的"。

"下一个！"医生的声音回荡在我的耳际。我毫不犹豫地走进去。一分钟，两分钟，二十分钟……时间过得好慢。我好想下床。"好了，"医生命令我下了床。推开了大门，妈妈一把拉住我："怎么样？"医生走了出来："左脚里面有0.6厘米宽的骨头碎片。"妈妈听了，哭了……

突然我发现自己好脆弱，就好像一个鸡蛋，一使劲就会碎，但有父母的支撑，我能从脆弱变到坚强。

（指导教师：张芳）

第二部分 藏在被子里的爱

我家三连环

余昶靓

我家的三连环是由幽默的妈妈、爱叫唤的爸爸和"老油条"的我组成的。

妈妈是主环。但我打心眼儿里有点"恨"她，她在家里像个"大霸王"。每次我和爸爸做的事，她总是这看不惯，那看不惯。经常笑骂我们是："有其父必有其女。"每当"河东狮吼"结束后，她还总不忘了风趣几句。就拿今天晚饭后的事来说吧。我正在看电视，只听妈妈高声叫道："格格在干吗呢？刚做了两天乖乖女，就翘尾巴啦！真是三分钟热度……"我还没回过神来，妈妈接着说："你真像那正烧着的开水，觉得有点烫手时，忽然停电了；觉得没希望时，又突然来电了。不知你啥时候可以保持永不停电。"

爸爸是"叫唤先生"。早上一起床，就听见爸爸在叫唤妈妈。"我的衣服呢？我的袜子呢？"全副武装后，又在问："我的包呢？快帮我把资料拿来！"拍了拍口袋又说，"看到我的车钥匙没？"刚一走出门又叫道："快！快！快！我的手机没拿。"一回到家，往沙发上一躺，"连环子弹"像弹珠似的从他嘴里蹦了出来，"格格，帮我把电视机打开，遥控器给我拿来，再帮我泡杯茶……"

现在闪亮登场的是我这根"老油条"。我极不认真，这是让两位监护人最费神的一件事。我也不想挂上这个"招牌"，可每当一回家，就把心里发的誓抛到九霄云外去了。每天都被"大霸王"数落一通，才不情不愿地做自己的事。就这样，我现在还背着一个"铁"似的包袱。每次放小长假的最后一天还在匆匆忙忙做功课，引来一阵阵"河东狮吼"和"叫唤"，可想而知，我这个"招牌"名副其实。

我家的三连环，环环相扣，谁也离不开谁。

（指导教师：郭亮）

跟　着

董奕楷

第一次滑雪，我跟着爸爸，那年我才七岁。

领了雪具，我就一直跟着爸爸。爸爸先在平地上滑，我就跟着他在平地上滑。爸爸在小坡上练刹车，我就跟着练刹车。爸爸上了托牵，我也小心翼翼地跟着上了托牵。后来，爸爸从山顶上连滚带爬地摔下来，手杖飞走了，我也跟着摔了下来。

爸爸幽默地说："我的花样滑雪不错吧？我们接着上托牵。"

我跟着爸爸，学会了滑雪，其实爸爸之前也没滑过雪。那天晚上，他一直让妈妈给他热敷自己的腰。

现在，我的滑雪技术突飞猛进，早就超过了爸爸，能像只燕子一样优美地滑翔而下，冲着后面大声喊："爸爸，别跟着我！"

爸爸说他自己练练，没跟着我。

我像一片叶子，轻盈地滑向前。一回头，穿着红色滑雪服的爸爸在后面不远处，他没看我，看着天。

我发现，跟在我后面的爸爸有点老了，动作没以前那么敏捷了。

爸爸就这样在后面跟着我，时远时近。不能太近，太近会伤害我的自尊；不能太远，太远就看不到我了。就这样，我们父子二人在熙熙攘攘的雪场上滑滑停停……

忽然，扭过头，我没有看见爸爸那高大的身影。我有点儿着急，睁大眼睛在那些穿着一样雪服的人中寻找着爸爸。好久，好像过了好久，似乎像一个世纪那么漫长。

终于，我又望见爸爸那高大的身影了，我赶紧扭过头去。

我也放慢了速度，希望爸爸能跟上我。不能太慢，太慢会失掉自尊，不能太快，太快就看不见爸爸了。

爸爸在后面跟着我，却又像是我在跟着爸爸。如同第一次滑雪，我跟着爸爸，其实爸爸一直都在跟着我。

我们就这样彼此跟着，跟着目标，跟着爱，跟着幸福，滑。

（指导教师：马艳萍）

"严父"和"冷女"

刘思岑

父亲对你是通情达理、无微不至的，就算他有时很严、很凶，只要你推开那扇门，你就会看见父亲对你的爱！

——题记

我的父亲是一位十足的严父。从我记事时起，只要我犯了一点小错，父亲就拿竹枝打我，因此我很怕父亲。只要他沉着脸，眼珠朝下，眉头皱成一团，嘴微微一撇，我知道十有八九是我惹他生气了。我真有些不懂，我并没有犯下什么弥天大错，却被重重地打。因此，我依赖于母亲，喜欢和母亲在一起。那时，我当父亲为空气一般，爱理不理。当同学们兴致勃勃地谈论自己的父亲时，我好羡慕；当看到别人的父亲对女儿疼爱时，我恨不得自己变成她。

时间飞驰，我已读五年级，对父亲的态度比以前好了一些，但仍不像一般孩子和父亲那样亲热，依然是一对"严父"和"冷女"。有一次，我开了一个小玩笑，父亲就教训我不懂事，批评了我一顿；还有一次，我玩电脑的时间有些长了，父亲把我像赶鸡一般驱走；还有一次，我一回家就捧起漫画书津津有味地看，父亲一把抢过去，要我写作业……我的心一直在反抗，不就是玩笑吗？不就是多玩了会儿电脑吗？不就是看了会儿课外书吗？有必要这么凶吗？我觉得父亲是这世上最不爱我的人，也是这世上我唯一想对抗的人。

妈妈对我说，其实父亲很爱我，我不相信，但后来发生的一些事让我慢慢地对父亲的印象有所改变。

这学期期中考试我的数学只考了71分，我心里很难过，也很自责。妈妈每天都要给我检查作业，我还在外面培训班补习，可考试时因为粗心考

039

第二部分 藏在被子里的爱

砸了。我想，今天回家，父亲一定会骂我又打我，因为这是我考得最差的一次。那天，我忐忑不安，甚至不想回家。当我轻轻地跨入门槛，蹑手蹑脚地想溜回房间时，坐在沙发上的父亲喊住了我："期中成绩出来没有？"我低着头，支支吾吾地说："出来了，数学……只……考了71分！"父亲停顿了一会，"拿试卷，我们一起分析原因。"我很惊讶，父亲竟然没有训我。我来不及多想，飞快地拿出试卷。父亲仔细地看完，然后认真地给我讲解了错题，告诉我解题思路，总结经验，最后又给我出了一些举一反三题目。自始至终，父亲没有对我说一句重话，更没打我，只是反复叮嘱我，要学会思考，要认真分析。我不解地问父亲："您为什么没有责怪我？"父亲笑着说："成绩不代表一切。这次的确考得差，看你今天心理负担也很重。既然事情已经过去，我也不想怪你，关键是你要从这次考试中接受教训，掌握学习方法，争取下次考好。"我点点头，原来父亲还蛮理解我。

学校要开运动会了，我想参加长绳队。可我跳得不好，我想在家里练习。在看新闻的父亲听到了，马上跑过来说："为集体争光是好事，来，我和你妈妈给你摇绳。"一连几天，父亲都主动提醒我练习长绳，虽然最终我没有选上。但我感到了父亲的支持和关心。真开心。后来父亲还教我打羽毛球。握拍、发球、接球，这些，都是我从父亲那里学会的。

妈妈说得对，父亲很爱我。从父亲一回家就喊我小名，从父亲常爱捏我的脸，从父亲给我夹菜去鱼刺，从父亲安慰我的眼神，从父亲抽时间陪我玩，更从父亲在我出车祸时焦急的神情……父亲是真的爱我，只不过，他把爱藏得很深，让我琢磨不透。

（指导教师：吴勇）

感谢松手

杨　晔

不放手，是关心，更是溺爱。松手，是考验，更是信任。

蹒跚站立，几多恐惧，几多泪水。爸妈就站在我的对面，他们张开双臂，"伢儿，快过来！"我用尽全身的力量，颤巍巍，挪不动，"怕！抱！""勇敢点，往前走！"爸妈拍着掌，鼓励着，我迈开软软的腿，一个趔趄，摔倒在地。"爬起来！继续走！"我艰难地站起来，努力地迈过去，身体前倾，急急地，快碰着他们的手了，他们向后退去，我急得哭了起来，他们却带着笑容，向我招手——幼时，只有爸妈松手的记忆，多少次梦中去抓他们的手，就在前方，微笑着，松着手……

学骑单车。"爸，扶着我，别松手！"我紧张得直叫唤，"没呢，不要看脚下，眼睛一直朝前看！"爸用他的大手紧握着车架，很稳，我的心更稳。不好，车把晃起来了，一不小心，连人带车一齐摔到了地上，"唉哟！"回头来，爸正站在远处，松着手，朝我笑呢。"爸，你什么时候松手的啊？也不告诉我一声？"我揉着摔疼的胳膊，爸上来扶好车。"再来，男子汉，骑车嘛，不松手，怎么学得会？"忍痛跨上车。"你扶好了，这次可不能松哦。""好的，不松。"咬紧牙，朝前看，脚下用力，好，一直朝前，轻松多了，一路上，风景甩在身后，无限风光在前方，猛一转头，爸正双手叉腰，看着我，其实他早就松手了……

羽翼渐丰，我长大了。"妈，我衣服太小了，帮我买件新的吧！"妈头也没回，从口袋里掏出几张百元大钞，伸给我，"给你钱，自己去大商场买吧。"手一松，又继续她的工作。"太多了。""剩下的自己处理。"来到商场，乔丹、耐克、阿迪达斯，我跑了个遍，价格太高了，三百，四百，五百，一个比一个高，太贵了。想想平时妈妈给我买衣服时，我偏要这些品牌的，看也不看，爸妈工作那么辛苦，我却……逛到最后，一

041

第二部分　藏在被子里的爱

楼中庭有打折的，一试，正合适，就它了。剩下的，到新华书店去看看，那里有几本心仪已久的书，买下它。回到家，"伢儿，为什么没买品牌的？""这件经济、耐穿，而且自由自在。"我再指指那一袋书，"有这些，就够了。"爸妈相视一笑，我明白这笑声背后的含义。

又到周末，我独自去菜场买菜，拣挑洗涮，煎蒸炒炸，我主厨，他们打下手。忙了一桌，"爸，妈，你们辛苦了，尝尝儿子的手艺。"爸妈松手，让我有了一展厨艺的机会；购买新房，叫上我，"房间朝南，阳光充足，书房宽敞，布局合理，位置适中，就它了。"爸妈松手，让我有了一锤定音的果敢；城市人多，交通拥挤，"伢儿，街上人多，注意安全，自己的路要自己闯！"爸妈松手，让我有了骑车穿行巷道的绝技。

感谢父母，是他们松手，我知道了自己的路要自己走；感谢父母，是他们松手，我懂得一只小鸟只有离开巢穴才能翱翔蓝天；感谢父母，是他们松手，我学会了生活，学会了独立。真诚地感谢父母的松手！

（指导教师：刘平友）

藏在被子里的爱

许　诺

从小，我得到的爸爸的爱就比别人少。爸爸总频繁地出差，就算爸爸给我的惊喜让人赞叹，我也总在心里埋怨，觉得爸爸给我的爱不够。

我是一个外表好强内心脆弱的女孩子。从我咿呀学语时，爸妈就特别地呵护我。我心里依赖爸爸。从爸爸开始出差，我就认为爸爸"爱"出差，不"爱"家。为了减轻妈妈的负担，在爸爸出差的日子里，我只好装成熟，不让忙碌的妈妈再操心。

随着时间的流逝，我十岁了，看着好友的爸爸笑着接女儿回家时那两张灿烂的笑脸，我总是闭上眼，忍住不去看。可心里还是不由自主地反复想：为什么别人每天能看到爸爸，而我却不能天天看到你？我实在忍不住了！一次，爸爸刚回家，我就把书包一甩，一本正经地对爸爸说："我写完作业了，我要和你谈谈！"爸爸诧异地问："女儿，你……怎么了？"我厉声地吼着："怎么了？你很少回来，一回来也不管事！去广东那么远的地方工作，你根本没想过我和妈妈的感受！"爸爸没有生气，他只是很少说话，好像在思考什么。他又要走了，我们把他送到火车站，爸爸登上火车，朝我说"再见"时，眼神充满了无奈。

回家路上，我的心变得很沉重。爸爸确实经常出差，可他这么辛苦地挣钱，还不是为了我们幸福的日子啊！记得，去年夏天考完试，妈妈把我一个人送到爸爸那里，我才真正地看到了爸爸忙碌的生活。每天很早爸爸就起床了，随后把我叫起来，给我准备牛奶和面包，然后开车带上我去广州和客户谈生意，一谈就是一整天。爸爸心疼我，让我在车上听音乐、吹空调，而他自己却去忙工作了。过了很久，我才见到爸爸疲惫的身影。一见面爸爸就微笑地对我说："宝贝，想吃什么？爸爸带你去。"此时，我才真正地体会到爸爸的辛苦。爸爸每次回家，总是一会儿给我买吃的，一会儿带我打球，仿佛他要把自己出差时的爱都弥补给我。

一天中午，我在床上睡午觉，好冷。我拉拉被子，咦？有人帮我盖上被子了。这个动作好熟悉。哦，是爸爸。多少年了，只要爸爸在家，我睡觉时，他总会给我拉被子。这个动作，让我的心一阵揪痛："对不起，我不该那样吼你。"我抓紧被子，默默地想。

那天晚上，我唯一一次不怕黑。我轻轻地拉了拉被子，我知道，被子一年四季都可以用，原来爸爸的爱藏在被子里，一年四季都呵护着我。我把小小的身子蜷缩在被子里，甜甜地睡了……

（指导教师：刘平友）

爸爸在左，妈妈在右

陈星霖

从小到大，我是在爸爸妈妈的关心、呵护下长大的。他们就像我的左右两臂，每天陪伴着我，与我寸步不离。

记得我刚上三年级时，写了一篇作文，得到了老师的好评。我拿着"杰作"得意扬扬地跑回家。一进家门，我就炫耀起来："爸，妈，快来看，我写的作文得了100分！"

妈妈听到我的嚷嚷，立即从厨房里走了出来。她接过我的作文，"津津有味"地看起来。看完之后，大加赞赏："霖霖，这是你写的吗？我的宝贝，真是太棒了！"我听了心花怒放，眉宇间就像一朵盛开的雪莲花。我把作文给爸爸看，相信他也一定会更加赞赏我的。

我低着头，等待爸爸的评价。只见爸爸皱了皱眉头，问我："这是你的作文吗？"

我说："是的。"

"这哪里是作文？这是一块土疙瘩。句子不通，内容不具体，错别字又多，标点符号也不会用，这样的作文还能100？依我看70分就很不错了。"

爸爸的话像一盆冷水，把我刚才的兴奋劲儿从头到脚浇了个透。我生气地冲出客厅，跑到房间，扑在床上失声痛哭起来……

晚上，我躺在床上翻来覆去地睡不着。突然，隔壁房间里传来爸爸妈妈的争吵声。"你怎么能这样对待孩子？孩子还小，只是初学作文，能写到这样就已经很不错了。我们需要鼓励。"这是妈妈声音。

"她还小吗？今年已经八岁了，偶然写了一回作文，得到了老师的表扬，就沾沾自喜，得意扬扬。以后的路还长着呢。"这是爸爸的声音。这两种声音就像两股风，不断地吹进我的耳朵里，提醒我要小心、注意、提高。

不骄傲。

现在我才知道那篇作文的确写得很糟糕，可是母亲还是一如既往地鼓励我。不管是爸爸严厉的批评，还是妈妈热情的鼓励，这两种极端的教育方式都有一个共同的出发点，那就是对我的爱。

几年来，在爸爸妈妈的教育、鼓励下，我一直努力地向前驶去，谨慎地把握住生活的航船，以使它不迷失方向。

（指导教师：李晓云）

陌生的父爱

刘　恒

"儿子，听妈妈话没有？认真学习没有？"

"我……我……还好啦……"

"看样子你又犯错啦！小心我回来打你的屁股！"

"我知道了，爸爸！"

"好了，我还有事，小子，给我安分点！"

"嘟嘟……嘟嘟……"

爸爸长年累月在外地工作，我们只通过电话联系，没见过几面。爸爸在我的印象里是模糊的：矮矮的，胖胖的……对了，打电话时凶凶的！其他……还真说不出来呢！

我的生活中只有妈妈，但妈妈也要上班，晚上回来要督促我学习，还要做家务。看到妈妈这么辛苦，有时我会抱怨爸爸：如果你在家，妈妈就不会这样辛苦啦！更不用说一家人出去玩了，那种可能性更是渺茫。每当我看到邻居一家饭后散步时，很羡慕。更可恶的是，他们出去时，路过我家门口，我的那个同学李毅都会大叫：刘恒，一起去呀！我只有白他几眼，继续看我的电视。本来挺精彩的电视节目，这时也变得无聊透顶。有一次，李毅犯了错，他爸爸拿起棍子追得他满屋跑，左邻右舍都来劝架。我却反而向往这样的"棍棒"。从小到大，只有妈妈在我犯错的时候打我，爸爸都是在电话里威胁我要打我屁股，却……我还真想自己的屁股开花变成现实呢！

一天放学回家，妈妈兴高采烈地对我说："儿子呀，你爸爸要回来啦！"我高兴极了，跑出去，凡是遇到认识的人就对他说："我爸爸要回来啦！"整个晚上，我都沉浸在幸福中难以入眠。那晚的天空，星星们争先恐后地绽放耀眼的光芒，仿佛它们也在分享我的喜悦。

终于等到了那天，一辆一辆的车从我们身边驶过。我的心怦怦地跳着，不停地问妈妈：哪一辆呀？怎么还不来⋯⋯

九点、九点半、十点半⋯⋯十一点啦，一辆车停在了公路对面。车上下来一个人，妈妈一下子激动地哭着大喊："快快，儿子，那就是你爸爸！"奇怪，刚刚狂跳不止还担心会停下来的心，却真的平静下来了。

眼前的爸爸穿着一身西装，西装有点大，显然不太合身。他表情严肃，站在车旁东张西望。等看见我们时，脸上露出笑容，大步流星地朝我们走来，几步就跨过了马路。还没等我反应过来，一只大手拍在我脑袋上："小子，这么高啦，怎么不叫爸爸？你妈妈已经把你在学校的情况告诉我啦，表现不错，嗯，不愧是我的好儿子！"一句话把我过去对爸爸的抱怨、害怕、陌生全赶走了，我害羞地低下头，叫了声："爸爸！"

阳光照耀下，和风轻拂中，爸爸妈妈一人一边牵着我的手幸福地走在回家路上⋯⋯

（指导教师：吴勇）

跌倒以后

瞿雨佳

一年级时在学校"跌倒"的经历让我至今难忘。

那是一个下雨的课间，我正上楼梯时，突然一个高年级的大哥哥撞了我，我滑了一跤，摔到地上。到了教室后，我感觉有些晕晕的，浑身疼。同学们都冲着我尖叫，那个最好看的文娱委员还被吓哭了。我不知道是怎么回事，仔细往身上一看，呀！我的衣服上全是血！我立马大脑一片空白，呆呆地站在原地。这时，左雨辰跑了过来，带着我去班主任那里，路上还不停地安慰我。班主任看见我也吓了一跳，急忙带我到医院去。在路上我有些害怕，有些想哭，有些不知所措。到了医院后，不一会儿，妈妈也来了。一看见妈妈，我就像看到救星一样，所有的害怕一下全出来了，眼泪就像关不上的自来水一样流个不停。这时，我听到医生说要缝针，更吓得捏着妈妈的手直抖。妈妈发现了我的害怕，把我搂在怀里说："没关系的，不疼，一会就好，就像蚂蚁咬了几下一样，妈妈会在边上陪着你。"然后医生就让我躺在了一张床上，准备给我缝针。缝针时其实还是有些痛的，可我一下也没哭，我在心里对自己说要做个坚强的孩子，所以我只是嗯了一声。缝完针后我在家休息了三天，那三天我特别想老师，想同学。

049

第四天，我到学校后，成了被关注的对象。全班同学都围着我问这问那的，对我十分关心。一阵阵暖流流过我的身体，把那些彷徨无助都融化了，我突然觉得集体是多么温暖啊！

经过这件事，我勇敢了许多，我也知道了下雨天走路要小心。还有，如果你遇到了困难，集体是一个十分温暖的可以依靠的家。

（指导教师：张学义）

第二部分　藏在被子里的爱

仙人球的故事

林昊磊

　　"我和你，心连心……"一听到这首歌，我就想到了那棵绿绿的仙人球，现在有可能它已经"化作春泥更护花"了。不过，当它陪伴在我身边的时候，发生了一个特别的故事……

　　小时候，在路旁的小超市，爸爸给我买回来一棵小小的仙人球。它那翠绿的颜色一下子吸引了我的眼球：那种绿，是一种鲜明的绿，即使在画家的调色板上也很难调出来。它的身上有许多刺，似一根根铜针，直直的竖起，那应该就是仙人球的防身武器吧！如果我们不小心碰到，它一定会把你扎出血来，而且会非常痛。它的头顶上盛开着一朵黄色的小花，绽放出生命的光彩。仙人球年年开花，年年给我蓬勃之气，而正是这小小的生命之花，在以后的日子里给予了我希望……

　　四年级时，我因为几次考试失利，整个人像霜打了的茄子一样——蔫了。看到同学们羡慕的眼光转移到了别人身上，我的心里很不是滋味。天空变得灰蒙蒙的，仿佛要塌下来似的。小鸟在我头上叫着飞过，仿佛在嘲笑我。回到家，放下沉重的书包，半躺在沙发上，回想起考试的经历：假如计算不错，就不会扣那一分；如果不是审题不认真，就不会丢掉那三分……想着想着，心里就有一种酸酸的滋味，眼前变得模糊起来……这时妈妈回家了，看到我这样，问："你怎么了？"我伤心地说："考试又没考好。"妈妈听了，摸着我的头，说："儿子，你可不能像纸糊的灯笼——经不起风吹雨打呀！生活可以是甜的，也可以是苦的，但不能是无味的；你可以胜利，也可以失败，但你不能屈服。你看这株小小的仙人球，不论太阳暴晒还是干旱缺水，它都能傲然地挺立着，不屈不挠地向人们展现着它最美好的东西，你难道不应该向它学习吗？"

　　听了这些话，我盯着仙人球看了许久，心里豁然开朗。一盆小小的仙人球，虽然它不像玫瑰花那么娇艳美丽，也不像水仙花那样香气四散，可是它却有如此顽强的生命力。路没有不弯的，花没有不谢的，人生没有称心如意的。一切的成就都是在困难之中过来的。贝多芬一直钟情于音乐，就连晚年的耳聋也没有吓倒他，这种精神才能让他的琴声打动全世界；司马迁在狱中与一切困苦做斗争，终于写成了流传于后世的《史记》。只要尽自己所能，不懈地努力，就一定能克服困难，尝到成功的喜悦！

现在，仙人球已经不在我身边了，可它陪伴在我的身旁时，却给了我特殊的回忆：宝剑锋从磨砺出，梅花香自苦寒来……

（指导教师：吴莉莉）

051

第二部分 藏在被子里的爱

父爱如山

谢　瑜

　　人人都说母爱是最伟大的，但我觉得父爱也毫不逊色。在我心中，父亲就是一座山，让我能安心依靠，让我感到幸福。

　　爸爸是一名司机。他已经四十多岁了，由于工作的劳累，心理的负担，他看起来总是瘦瘦的样子，并且皱纹过早地爬满了他的脸。

　　我跟其他的孩子不一样，不能跟爸爸生活在一起。爸爸为了多挣一点钱给我治病，到外地打工了。他很少有时间回家看我，几乎一年只能见两三次面。每次盼望他回来，但又害怕他离开的那一幕。我们只能电话沟通，爸爸经常对我说："乖乖，要听妈妈的话，爸爸不在身边，要注意自己虚弱的身体，不要着凉了，不要发烧感冒，爸爸会担心的……"每当爸爸话音刚落，我就回答："爸爸，你也一样，女儿看不见你，你要多吃点有营养的东西，一定要保重身体……"我能听到，爸爸在电话那头啜泣的声音，我也哭了。爸爸，您太辛苦了！每次通完电话，又盼望下一次的通话。我虽然不在爸爸的身边生活，但我们父女的感情依然深厚。

　　记得有一年元旦，爸爸回家看我。本想好好和爸爸玩两天，没想到我生了一场病。那是寒风呼啸的深夜两点多，路上已经见不到车辆了，不要说出租车，就是路过的车辆也没有。因为天空笼罩在黑雾中，根本看不清前面的去路。怎么办呢？爸爸把我用小被裹得严严实实的，他看上去很着急，背着我大步走向医院。我们家离医院很远，走在半路的时候，我冷得直发抖。爸爸就把自己穿的大衣给我盖上。走了很久，终于拦到一辆路过的车把我们送到了医院。我看见爸爸冻得面呈菜色，我都快哭了。医生给我打了退烧针，爸爸偷偷地流出了眼泪。所谓男儿有泪不轻弹，我知道，爸爸是看到我难受的样子心痛了……

　　两天过去了，我的身体恢复了。可是爸爸又要离开了，我好舍不得爸爸，拉着他的衣角，不让他走。爸爸安慰我："乖乖，爸爸很快会回来看你的。"这样的话，爸爸不知道说过多少遍，没有一次算数的。但我理解爸爸，他是为了挣钱撑起这个家才这么辛苦的。每次望着爸爸逐渐消失的背影，心里都有说不出的滋味。我哭了，爸爸，您什么时候才能回来呀？

爸爸虽然在另外一个城市，但是，距离阻挡不了爸爸对我的关爱。爸爸爱我，我也爱爸爸！我为有这样一位伟大的父亲而感到自豪。

（指导教师：方耀华）

第二部分 藏在被子里的爱

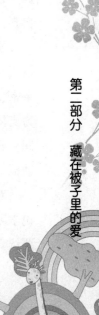

四季的爱

鞠昊坤

  我是一棵小幼苗，生长在大自然中，需要阳光的照射、雨水的灌溉和辛勤园丁的精心护理才能苗壮成长。我和妈妈之间，就是幼苗和大自然的关系，妈妈对我的关爱就像大自然的春雨、夏日、秋风和冬日里的暖阳，陪伴我成长。

  春天的小雨沙沙，滋润着万物，大地一片生机盎然的景象。妈妈对我的关爱也像春雨一样，滋润着我的心田。每次在我学习或生活中遇到困难时，妈妈总能想办法帮我解决。让我拨开乌云看到阳光，把烦恼抛到九霄云外。在钢琴学习中，识谱是关键，而我刚开始学习时，在这方面是弱项，总是把五线谱中的4和5弄混。我越弹越烦，几乎要放弃学钢琴了，第二天，妈妈兴奋地告诉我一个区分它们的好办法。她让我把4和5看成两个在五线谱中游泳的运动员，一个潜在水中，一个露出头来。这个形象的比喻令我茅塞顿开。在妈妈的精心呵护下，我提高了学琴的信心。现在识谱已经是我的强项了。妈妈还告诉我，以后不管遇到什么困难，都要对未来充满希望，不能自暴自弃。

  妈妈的关爱又像夏日的阳光，热情奔放。我爱运动，喜欢篮球、足球，每天晚饭后妈妈都陪我到操场去打球。在球场上，我们既是竞争对手，又是亲密伙伴。路过的人总能听到我们的欢声笑语。每次学校捐款，妈妈都大力支持让我多捐，说这样可以帮助灾区或有困难的小朋友。在单位和邻里之间，妈妈也是一个热心人，不管谁遇到困难，妈妈都尽自己的最大努力去帮助他。

  对待我学习上犯的错误，妈妈的爱就像秋风扫落叶一样无情。妈妈常说学习态度要端正，要踏踏实实，认认真真。对我每次的家庭作业，妈妈都要认真检查，不光是对错问题，字迹潦草也不行。开始的时候，我因为写得潦草经常被妈妈罚重做。不管作业量多少，都得重写，一点商量的余地都没有。后来我接受教训，知道不认真也没有好结果，就改掉了作业潦草的毛病。在学习上妈妈对我太严厉了，不过我还是很爱她。

冬天的太阳照在身上，暖洋洋的好舒服啊！妈妈的关爱像这冬日的暖阳，照得我心里热乎乎的。有一回我半夜发高烧，妈妈带我到医院打针直到深夜两点，望着妈妈熬红的眼睛，我的感动无法用语言来表达。有妈妈在身边，我就什么都不怕了。

有人说，孩子是母亲身体的一部分，天下最无私的爱也就是妈妈对孩子的爱。在妈妈的关怀下我健康快乐地成长，从上学到现在，我的学习成绩一直在班级名列前茅，钢琴也顺利通过了八级测试。

妈妈的爱就是大自然的春雨、夏日、秋风和冬日里的暖阳。

（指导教师：罗红）

第二部分 藏在被子里的爱

唠叨的爱

刘　畅

每次放学都是我最痛苦的时候。第一，回家要走二十分钟的路，我的脚会酸痛；第二，我还要忍受奶奶没完没了的唠叨："哎哟，衣服又穿少了吧？跟你妈说过多少回了，就是不肯加一件毛线衣！""你饿不饿呀？要不要吃个面包啥的？"……"上课专心了吗？"……每到这个时候，我就会不耐烦地打断她，然后和同学结伴而行，把她晾在一边。

有一次，我实在受不了她持续的唠叨，就粗暴地跟她说："哎，你为什么不会骑车？你知不知道我每天走来走去有多辛苦？"我当时全然忘记了，她不管刮风下雪都要在天刚亮时起身，走一两里地赶到我家，把我从热被窝里叫醒。话一出口，我就有一丝后悔，自己竟会说出这种话来！但我心中的那丝嫌弃不由自主地占了上风。

我原以为这件事过去了，可一个星期天，我看见瘦小的她在阳光下艰难地骑着自行车。车头七扭八扭的，她紧张地满头大汗。有一次，还差点摔下来！我的心都跳到嗓子眼了。我愣住了，没想到自己不经意的一句话，她却当了真！我好想上前对她说声"对不起，奶奶。"可倔强的我，怎么也挪不动半步。

又一个周一到了，在上学路上，我有点不好意思地说："那个，奶奶，其实走着去学校也是一件很好的事，可以锻炼身体，又可以观赏风景。"她笑了，但又马上开始唠叨了："今早儿挺冷的，你怎么又没穿毛衣？""奶奶，我不冷，真的，不信您摸……"

我想，即使是最烦人的唠叨，也充满了爱，就像她每天默默地为我背书包一样，充满了浓浓的爱。

（指导教师：冯春喜）

老爸"增肥记"

周　萍

我的爸爸身材苗条，无论吃多少东西也不胖，我和妈妈想尽了各种办法也没能让他胖起来。

可我们并没有放弃。这不，为了实施我们的"增肥计划"，今天，我和妈妈在家里又准备了好多零食，等待爸爸的归来。妈妈还特意准备了许多爸爸爱吃的，而且会发胖的菜呢，真是煞费苦心呀！

爸爸回来了，看到这些自己喜欢吃的东西，自然胃口大开，把妈妈烧的菜吃了个精光。之后我和妈妈又把爸爸"押回"房间，要求他马上睡觉，因为我上网查过了，吃饭后好好睡觉，这样增肥的速度会加快一些。

到了第二天上午，我一醒来，就连忙跑去看爸爸过了一夜有没有长胖一点。结果吓了我一大跳，爸爸不仅没胖，反而瘦了两斤！这可把我和妈妈急坏了。

第三天上午，我和妈妈又想出了一招，偷偷摸摸地把爸爸口袋里的香烟全没收了，因为抽烟不利于身体健康。妈妈还规定，爸爸从此以后不能再去买香烟了。这下一来，爸爸"乖"了许多，老老实实地待在家里休息。

就这样，我和妈妈继续为爸爸服务。爸爸呢，也按照我们的要求继续进行着"增肥计划"。好多天又过去了，妈妈拉着爸爸去称体重。哇！果然功夫不负有心人啊！爸爸足足增重了三斤哪！我和妈妈欣喜若狂，因为我们多日的辛苦终于取得了胜利。

爸爸看着自己的身材，也信心十足，决定配合我和妈妈继续增肥！我真希望爸爸能成为世界上最帅的人。

（指导教师：胡晓瑞）

057

第二部分　藏在被子里的爱

家 常 菜

黄俊杰

　　我的妈妈是一名电厂职工，作息时间没有规律，一天三班倒。可是每天早上，妈妈上完夜班，都坚持为我和爸爸准备早餐。妈妈是多么辛苦！每次吃着妈妈准备的早餐，我都会很心疼，我多想为妈妈做点什么。

　　星期六的早上，上完夜班的妈妈把早餐做好，就去睡觉了。早餐里，有妈妈特别为我煮的鸡蛋，因为妈妈说小孩子吃了鸡蛋才会有力气，所以每天都会为我准备一个鸡蛋。对了！妈妈吃了鸡蛋会不会有力气呢？我记起妈妈做的番茄炒鸡蛋可好吃了，让我来为妈妈做一次番茄炒鸡蛋吧！

　　我把番茄从冰箱里拿出来，放到开水里烫，因为妈妈就是这么做的，她说，这样好剥皮。趁番茄烫在开水里时，我打了一个鸡蛋。平时看见妈妈打鸡蛋轻而易举，鸡蛋到了我手里却不听使唤了，蛋清流了好多在灶台上。我忙用抹布擦干净。妈妈每次做饭总是边做边打扫，她说，这样卫生，煮出来的东西吃了才不会生病。怪不得，我和爸爸都长得胖胖的。

　　鸡蛋和匀了，现在来剥番茄。"啊！"我的手被滚烫的番茄烫疼了，要是平时我准会大叫，但现在我不能吵醒妈妈，只好忍着。经过刚才的教训，我先用冷水把番茄冲一下。剥好番茄，然后把它切成片，虽然一块大一块小，但我还是很满意。

　　我学着妈妈的样子把油倒进锅里，等油冒起白烟，再把鸡蛋倒下去。鸡蛋开始膨胀，只不过要等一会儿才能翻。谁知我等得太久，鸡蛋一面有点焦了。我放番茄进去，笨手笨脚地翻炒着。虽然我拿锅铲的样子很别扭，但炒出来的鸡蛋还不错，黄黄的鸡蛋配着红红的番茄很漂亮。我尝了一小口，这味道……如果跟妈妈做的菜比起来……那可真是不值一提了！

　　中午，妈妈醒来时，爸爸做好了饭，还把我的番茄炒鸡蛋端上桌。我观察妈妈吃饭，妈妈夹了一口我炒的鸡蛋，对爸爸说："今天这菜做得真不错！"爸爸冲我眨眨眼。我有些疑惑：难道妈妈的味觉睡过一觉之后来了个一百八十度大转弯？我把疑惑吞进肚子，埋头吃饭，心里却乐滋滋的。吃完饭，妈妈照例继续睡觉。睡梦中，妈妈脸上露出的淡淡的微笑让我的疑惑得到最好的诠释。我决定向爸爸学习——为妈妈做一道真正美味的家常菜！

（指导教师：吴勇）

第二部分　藏在被子里的爱

给小妹妹当"保姆"

王浩逸

"哇——哇——"一阵阵尖利刺耳的哭声把我从梦中惊醒，我想：准又是楼下那只有一个半月大的小妹妹在放"广播"了。我连忙穿好衣服，冲下楼去看个究竟。原来妈妈要去买菜，可小妹妹就因为这个而哭闹个不停。妈妈正左右为难的时候，我爽快地对妈妈说："妈妈，你就放心地去买菜吧，她就交给我吧！"妈妈看我信心十足的样子，就同意了我的要求。

妈妈一踏出家门，我就来到摇篮旁，把小妹妹抱起来，唱歌给她听，小妹妹听着听着，居然慢慢睡着了，于是我就把她重新放进摇篮里。看着她熟睡的样子，真可爱，我还真佩服自己这么能干哪！原来带小孩就这么简单呀！

可没过几分钟，不妙的情况发生了。"哇——哇——"的哭声震耳欲聋啊！这下可把我难住了。我又唱起歌来，可这次唱歌却不管用了。怎么办？是肚子饿了吗？我四处找奶粉，柜子里没有；暖壶里，也没有……我就像热锅上的蚂蚁一样四处乱窜。好不容易在抽屉的袋子里找到了一小包奶粉。我赶紧将奶粉倒进奶瓶，再用温开水冲开搅拌均匀了，连忙往小妹妹的嘴里送，小妹妹迫不及待地用小手使劲抓住奶瓶吮吸了起来，看来是真的饿了。

当她喝饱了，这才平息了刚才的哭闹，不大一会儿，又睡着了。

我看着熟睡的小妹妹，心里想：你可千万别再哭了！妈妈你快回来呀！哎！看来照顾小孩还真不容易，当妈妈更不容易。

（指导教师：叶立华）

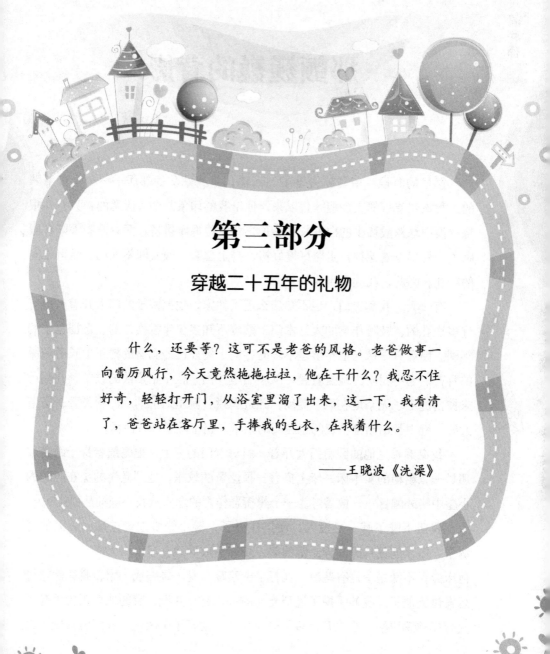

第三部分

穿越二十五年的礼物

　　什么，还要等？这可不是老爸的风格。老爸做事一向雷厉风行，今天竟然拖拖拉拉，他在干什么？我忍不住好奇，轻轻打开门，从浴室里溜了出来，这一下，我看清了，爸爸站在客厅里，手捧我的毛衣，在找着什么。

——王晓波《洗澡》

那颤巍巍的背影

王浩然

很早的时候，爷爷就去世了。而他，是我姑父的邻居——一个爷爷辈的、我该叫爷爷的人。但一直以来，他给我的印象是令人厌恶的：只有几根像沙漠中绿树般稀少的白发长在头顶，背驼得像座拱桥；两只眼睛深陷在眼眶里，显得苍老无神；走路好慢好慢，身上总有一股我闻不惯的、觉得难闻的味儿。因此，我从不叫他爷爷。

有一天，我溜出门，也不知怎么进了他家。他家院子的门大开着，已有许多烂孔的、吱呀作响的大红木门上贴着不知多少年没换过的、已褪色了的年画。门后有一棵与他年龄差不多的枣树，树皮已经剥落的树干上长着翠绿的青苔。老枣树吃力地挺着腰，从围墙里伸出一枝干枯焦败的枝丫，几颗还未掉落的枣子无奈地在风中晃动，几近腐烂。院里地上的水泥板裂开一道道大缝，缝中长出渐渐枯黄的半腿高的杂草。整个院子一片冷清。

我突然看见他的卧房门大开着，斜对着门的床上，他蜷缩着身子睡着。那是一张粗糙的实木床，床上搭着一顶泛黄的蚊帐。他那光光的头在阴暗的小屋中格外醒目——像盏灯。一个想搞恶作剧的念头从我心底油然而生……

我四下瞄了瞄，见没人，便捂住鼻子，轻手轻脚地走进那间陈旧的老房子。屋顶的瓦片碎的碎、落的落，蜘蛛们放肆地在屋里织大网。悄悄走到他床旁，不知是不是有些凉，他打了个哆嗦，身子蜷缩成一团，我突然觉得越发讨厌他了。我伸手摸了摸那光光的头，有点儿滑，有的地方头皮粗糙。我越摸越感快活，心里开心多了……猛地，他打了个激灵。我疯笑着跑了出去。

直到姑父得知消息，将我拽到柴房收拾我。姑父的怒火在眼中燃烧，嘴角抽动着，样子极恐怖。他顺手抽了根木条，不由分说地抽打着我的手掌。钻心的疼痛一阵阵袭来，然后留下一手掌火辣辣的疼。我委屈极了，

"哇——"一声哭开了，泪水像断线的珠子般落下。正当条子又将落下时，他——那个爷爷来了。在姑父背后，一双干枯的手紧紧抓住姑父强有力的手，姑父的手指被扯得通红。爷爷那苍老的脸抽动着，以往慈祥的眼中写满了紧张，脑门上沁出细密的汗珠。他没姑父高，不得不踮起脚，吃力地拽着姑父的手，双眼瞪得极大。

我猛然有所醒悟，一股暖流涌过心间。我向他走过去，上牙紧咬下唇，悔恨的泪水涌上来，充满了眼眶，继而在脸上流淌。伯父终于放下手来，而他大概也体力不支，身子似乎有些摇晃。他慈爱地看了看我，转过身，双腿微微颤抖着，走了，慢慢走了，向大路的尽头。"爷爷，我对不起您！"我对着那渐渐消失的背影大喊，那颤巍巍的背影模糊在我的泪光中，我第一次感到那么恨自己……

（指导教师：徐萍萍）

第三部分　穿越二十五年的礼物

我 和 你

张　铄

当时光穿回到十几年前，我"哇"的一声坠了地，你便高兴地把我捧在怀里。

当我开始记事的时候，你在我身旁，那是多么明亮的一颗守护星啊。随着时光的脚步，我已经上了六年级了，你却一直没有歇停下来。我感谢这安排，让我有幸能成为你的女儿。为了我，你总是忙东忙西的。我在一旁默默地看着你，我哭了。你那曾经青春的脸上，显出了皱纹。你那双细腻的手，变得粗糙。是风儿的恶作剧，它把你的青春吹走了。也许你不知道，我总是自己在一个角落中偷偷地想，为什么我不能帮你做些什么。当我伸出手时，你总是拍拍我的手，呵斥我去写作业。那冰凉的水浸着的手，红红的，也许我唯一能做的就是好好学习，长大了，让你过上温馨轻松的日子。

花儿带着芳香来到这个世界，草儿带着嫩绿来到这个世界，大海带着资源来到这个世界。而我，是带着使命来到这个世界。它们与我结伴而行，你与我同舟共济。年少的我惹你生气，我明白是我不对，当我捧回"十佳小作家"的奖状时，你摸着我的头，对我说："我们的孩子长大了。"你欣慰地笑了。看到你的笑，我感觉自己好快乐。寒风刺骨、冰雪覆盖的天地之间，你把我搂在怀中。自己忍受这风雪，那怀抱多么温暖！

你给予了我太多太多，而我却太笨太笨。你给予我的，是无私，不是理所当然的。我给予的不是无私，是理所应当的。都说，每一个孩子都是上帝送给人类最珍贵的礼物，他们就是天使，花儿是他们的笑脸，翅膀化成手臂。可在我看来，每一个孩子最幸运的事就是找到一个好的父母，给予他们太多无私的爱。有的孩子也许不理解父母，有的孩子却伴随着父母的风风雨雨。也许，这句话说的是最准确的——"谁言寸草心，报得三春晖"。

"我和你，心连心，同住地球村……"也许哼起这句歌词，体会的含义不一样。我和你相遇，是缘分，是终生的宿命，是割不掉的血脉。

　　我和你，在这大千世界中，拥有着母女的关系。你是我的守护星，你是我的左右，你是我一生的明灯……我的生命注定了，你是我伤痛后的眼泪，是我心灵的纯净水，是我一生永不忘的依恋……

　　我和你，穿越了十几年的时光，如果有来世，我还做你女儿。

（指导教师：马强）

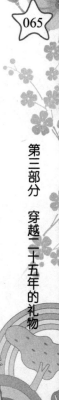

洗　澡

王晓波

　　理完发，我照例回家要洗个热水澡。

　　这时，爸爸一切准备就绪……取暖器早就开始工作了，换洗衣服也拿好了。热水器管子里的冷水已经全部放干净，热水在哗哗流着，接在一个大盆子里。这一切，我早习以为常。刚进浴室，一股热浪袭来，我立即被腾腾热气裹住，虽说是数九寒冬，却一点儿都不感觉冷。我舒舒服服地洗了个澡，那些粘在身上的碎发在水流的冲击下无处藏身。难怪每次理完发，爸爸都催我洗澡，真爽啊！

　　穿衣服时，我发现少了一件毛衣。唉，我真粗心，竟然忘记拿进浴室，还在外面凳子上放着呢。"爸爸，帮我把毛衣拿来。"我叫道。"就好，你先待在浴室别忙出来。再等两分钟。"

　　什么，还要等？这可不是老爸的风格。老爸做事一向雷厉风行，今天竟然拖拖拉拉，他在干什么？我忍不住好奇，轻轻打开门，从浴室里溜了出来。这一下，我看清了，爸爸站在客厅里，手捧我的毛衣，在找着什么。我顿时明白，他在拣去粘在我毛衣上的碎发！只见他在灯光下挑挑拣拣，又拿起来拍拍抖抖，还不时地举起毛衣对着灯光仔细找寻，生怕漏掉一个"不法分子"。他神情专注，认真、细致。一会儿，又显得有些着急，大概还有少数碎发在"负隅顽抗"吧。当他终于从毛衣丝里揪出那个"漏网之鱼"时，我看到他拧紧的双眉舒展开来，面露自信。这是我熟悉的表情，他确信衣服里没有残留一根碎发！我眼里好像揉进了沙子，有要流泪的感觉。我仿佛看到爸爸的两鬓已被霜染，仿佛听到他的皱纹爬上额头的声音，又仿佛感受到小溪正柔软地流过我的心上。

　　我赶忙悄悄退回浴室，虽然手脚冻得冰凉，但胸中奔涌着一股热流。我迅速又打开水龙头，继续洗起来……

（指导教师：刘平友）

成长"四季"

方　圆

我从咿呀学语，跌跌撞撞地学步中慢慢长大了；从一笔一画，歪歪扭扭地写字中慢慢地长大了……长大是多么有意义的过程呀，每一个变化都有新奇的发现和愉快的体验——

春之乐

春天，花红了，草绿了。我在公园拍照，碰到一个小男孩在放风筝。我目不转睛地盯着风筝，羡慕不已。我主动跟小男孩的爸爸说："请让我放一下风筝，好吗？"得到允许后，我拉着风筝和引线，迎着风，奔跑着，奔跑着，风筝摇摇晃晃地飞了起来，我的心也快乐地飞上了天。呀，我不就是春天那只快乐的风筝吗？

夏之忧

快乐的暑假开始了。不幸的是，为了一只停在天花板上的蚊子，爷爷摔伤了。那天晚上，看着躺在地上，闭着眼睛，昏迷不醒的爷爷，我吓得目瞪口呆，以为爷爷真的不会醒了，就害怕地大哭起来。爷爷在我的哭声中缓缓地睁开眼睛……我一下子笑了，慢慢长大的我已学会了关心。我愿我爱的亲人和朋友们健健康康，平平安安！

秋之获

在金色的秋天，我收获着。瞧，那两本非常珍贵的《成长册》留下了我成长的足迹。里面记载了"我的模样"、"爸爸妈妈眼中的我"、"老师眼中的我"、"哈，我又进步了"，还有"我的才艺、学科展示台"……这里的点点滴滴，我都用心品味，这里的每一个足迹，我都努力走过。她是一位良师益友，伴随着我成长的每一天，让我从幼稚走向成熟。瞧，那张张鲜红的奖状就是我成长路上最甜最美的收获。

冬之恼

"下雪了，下雪了！"我刚想冲出家门，却听爸爸慌张地喊着："你身子这么虚弱，那么冷的天到外面去，感冒了怎么办？"我只好又回到我的书桌前，呆呆地望着漫天飞舞的雪花，我多想和它们一起玩啊！唉！爸爸妈妈，让我也做一朵自由快乐的小雪花吧，请你相信我这朵小雪花经过寒风的吹打，会越变越美，越飞越高！

（指导教师：李茂香）

穿越二十五年的礼物

朱亦清

每次我过生日，爸妈都会送我礼物。但是，十岁那年，爸爸送我的礼物最特殊，也最有意义。

记得生日那天下午，我坐在沙发上等爸爸回来。爸爸会给我买什么礼物呢？我期待着。会是一个有着大大眼睛的芭比娃娃吗？他说过要给我买的；或者是可以做各种美味的巧克力工坊？我早就想要了；还是一辆崭新的自行车呢？也不是没有可能的。现在，我祈求爸爸快点回来，这样，谜底就可以解开了。

"噔噔噔"，门外响起了熟悉的脚步声，是爸爸回来了！我迫不及待地开门，爸爸笑眯眯地进来。"爸爸，你的礼物呢？"我那么急切。爸爸从背后神秘地拿出了一个东西，我一看，是一个旧本子，封面花花绿绿的，很有些年头。我失望极了，心想：难道老爸竟然把旧本子送给他的宝贝女儿？我不满地问："这是什么老古董啊！"

爸爸说："这是集邮册。"

我不解："什么是集邮册？"

爸爸说"就是保存邮票的册子，是我小时候攒的。"

我打开集邮册，封二上写着爸爸的名字，日期竟然是1985年，二十五年前的耶！里面存着许多五彩缤纷的邮票：有动物的，那喜鹊惟妙惟肖，老虎凶猛无比，熊猫憨厚可爱；有革命家的，毛泽东、周恩来、刘胡兰的身影又浮现在眼前；有风景的，高山流水，鸟语花香，让我仿佛进入了另外一个世界；有古代铜器和钱币的，方鼎、圆盂、商朝币、战国钱，我好像穿越到了悠远的古代；还有体育方面的，奥运健儿为我国夺得的奖牌历历在目……

原来，这不是一个古董，是一个宝贝呢。

爸爸说："在我的少年时代，没有电脑，电视节目也非常少。邮票是我们那一代学习知识的重要途径，历史、文学、经济、政治在邮票上都有体现。而如今，科学技术飞速发展，互联网出现了，使用邮票寄信的人比过去少多了。但是，集邮仍然是一项有意义的趣味活动，可以陶冶情操，增加知识，开阔眼界。所以，爸爸把自己最珍贵的集邮册送给你，希望你喜欢啊！"

　　我使劲地点点头，轻轻摩挲着这份"特殊的礼物"——来自二十五年前的礼物，仿佛看见了爸爸的少年时代，看见了亘古的历史，看见了遥远的未来……

（指导教师：张繁芳）

母爱的味道

谢煜珩

母爱包含着好多种味道。一个母亲给孩子的种种味道会让孩子学会坚强、学会忍耐、学会享受一切美好的东西。

我们从哇哇啼哭的婴儿长大，谁没经历过心酸事呢？一天，一道数学题把我搞得焦头烂额，任凭妈妈想尽一切办法给我讲解，我还是一脸迷茫。妈妈说："就你这样，还考第一呢？我看还是算了吧！"这句话刺伤了我的自尊心。我振作起来，用尽自己的脑细胞，苦苦思考，最终解开了这道难题。妈妈看到后比我还兴奋。在这件事情上，妈妈用讽刺的方式教我学会忍耐、发奋。这就是母爱的一种味道——酸！

甜，是母爱的另一种味道，它很轻柔，像一丝春风吹着茵茵小草。当妈妈带我去云南旅游时，我的心中充满了自豪，真想向同学们骄傲地喊一声："看，我去过祖国的南方！"当妈妈抱着生病的我奔走在去医院的路上时，我就像一只钻在母鸡温暖翅膀下的小鸡。此时我觉得妈妈像一盏明灯照亮了我。这就是母爱中"甜"的味道，它让我明白了享受和感恩。

母爱还有一种味道，那就是"苦"。奶奶家有一片地，爷爷想种点蔬菜，妈妈为了训练我的生活能力，就让我去帮忙。我干了一下午，腰和腿又酸又痛。可是妈妈一点不心软，还说："我们小时候拔草、锄地、收麦子样样都干，在家还得帮大人做饭、喂猪。我是想让你多学一点生活本领呀！"我静下心来，仔细一想，觉得这也是一种爱的表达方式。这种爱让我懂得了"责任"与"生存"。

最后一种是刺激的味道——辣。小时候，妈妈逼我上英语特长班，我的泪如断线的珠子。虽然如此，妈妈仍铁着心，一遍又一遍地逼着我读英语，我就是这样被这种"辣"式教育"逼"出到了现在的英语成绩，它让我学会了顽强和忍耐。

　　母爱的四种味道所表达的感情，凝结着母亲对我们的一片爱心，包含着对我们的殷切希望。我们要珍惜这可贵的味道，感恩母爱，感谢伟大的母亲！

（指导教师：崔华）

父爱深深

彭慧莹

在我的家人中，对我最好的是爸爸，我最爱的自然也是爸爸，因为他很幽默、风趣，对我也是处处包容。

有一次，吃完晚饭后，我和爸爸闲着无聊，就在一起玩游戏。

首先，我们玩对古诗。我开头："竹外桃花三两枝。"爸爸不紧不慢地应了上来："春江水暖鸭先知。"我不服气，便又说了一句，爸爸毫不犹豫地又接了上来，我们这样反复了多次。终于，我说："晓看红湿处。"爸爸对不上来了。我高兴地蹦了起来，大喊："噢耶！我赢了！"

接着，我们又玩了成语接龙。还是由我来打头阵："龙争虎斗！"爸爸一手托着下巴，思考了一会儿，说："斗志昂扬。"不一会儿，我的脑海中便浮现了一个成语："扬眉吐气。"爸爸又沉思了起来。一分钟，两分钟，三分钟……终于，我等得不耐烦了，便提醒道："'气喘吁吁'不行吗？"爸爸却说："'气喘吁吁'怎么是成语呢？"我坚定地说："就是成语！"就这样争下去也不是个办法，我便想出了一个办法——上网查！结果查出来了，"气喘吁吁"就是成语。事实证明，我又赢了！

我们又玩"两只小蜜蜂"。玩这种游戏，爸爸远不如我，所以，爸爸一直被我"扇耳光"。爸爸的头左右摇晃时，就像在画叉，逗得我玩不下去了，我蹲在地上，捧腹大笑。这个游戏就这样在我们的笑声中结束了。

其实我心里明白，爸爸并不是真的玩不赢我，而是因为我六年级了，有升学的压力，爸爸故意输给我，就是想让我开心一点。我感到父爱深深，父爱融融！

（指导教师：李茂香）

第三部分 穿越二十五年的礼物

采 茶

陈 梅

朋友，请问你自己挣过钱吗？可能你会说，钱很好挣，我曾经也这样认为，所以花钱大手大脚，不懂赚钱的艰辛。

口袋里瘪了，不好意思总向爸妈伸手，我希望自己可以赚钱。我听见妈妈说："邻村那边山上，要请人采茶叶。"我兴奋地问："人家请小孩子吗？"妈妈回答说："当然请了。"

于是，我和哥哥随着妈妈去了茶园。"真冷呀！"走在山路上，我打着冷战，自言自语。那时正值清明，风依然冷，我觉得手都快冻僵了。可是我还坚持去，因为我很想学着挣钱，长大后可以独立生活，这是多有意义的一件事啊！

那天，刚下过一场雨，山像被洗了一遍，满眼都是绿茵茵的茶树。空气是那么清新，我感到很快乐，想高歌一曲表达内心的舒畅。可是，有很多很讨厌的小蚊子，也来瞎凑热闹，到处乱转，一不小心就钻进我鼻孔里。

妈妈耐心地教我，示范着如何采茶，她教得很仔细，我听得很认真。

我独自跑到齐腰的茶叶行里，一直采啊采。我伸出"兰花指"，瞄准刚刚冒头的嫩叶，轻轻地掐下来，放进竹篮里。那些一寸长的叶子，是不要摘的，因为有点老了。嘿，我不由想象着，自己就是襟飘带舞的仙女，对了，就像电影《刘三姐》里那样……

妈妈在叫我，我假装没有听见。她走过来，有点生气地说："怎么不答应呢，我看看你采得怎么样？"我得意地说："可能有七八两了。"闻声过来的老板，看了看我采的茶叶，非常满意，还夸了我几句。我更加兴奋了，想："哈哈，这次哥哥要输了！"哼，上山时他还说要跟我比试呢。我偷空瞄了旁边的哥哥一眼，看见他对着茶树左看右看，好像没有发现一点点茶叶，那抓耳挠腮的样子，让我真想说他一句"真笨"。

我只顾采茶，衣服都被露水打湿了。但是，一想到采茶叶可以挣钱，我就不愿停下来——可以自己挣钱，真开心呀！

哎哟！一不小心，我的手被一个牙签似的小树枝扎伤了，血珠不断冒出来，好痛！我很想哭，但我又怕妈妈叫我回去，于是我忍了下来。

我想，我们干这样的轻松活儿，都把手扎伤了，如果大人干比这重的活儿，手岂不是要经常流血，长出老茧，像松树皮那样粗糙？我趁妈妈不注意的时候，伸手过去摸了一下，她的手果然像松树皮。我的泪珠一颗一颗地掉落在手上，热热的，我不想让别人知道，就跑到茶叶丛最深处，悄悄地哭。哭过以后，我觉得轻松多了，就继续努力地采茶叶。

天黑透时，我们才筋疲力尽地回到家。被我捏得紧紧的二十元钱，是我今天的收获。我全部交给了妈妈，她什么都没说，只是赞许地笑了。

靠劳动挣钱原来这样不容易！虽然很累，但我心里很满足。我暗暗发誓，一定要改掉乱花钱的坏习惯，不辜负爸爸妈妈的期望，将来让他们过上好日子。

（指导教师：张翊奇）

075

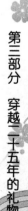

第三部分 穿越二十五年的礼物

聆听爱的声音

周昕钰

不同的孩子有不同的妈妈，不同的妈妈也有不同的爱的表达方式。我的妈妈是用她独特的声音来表达她的爱。我真的十分喜欢聆听来自母亲那不同的声音。那声音真的就是天籁之音，是我心灵世界的爱的共鸣之音。它犹如一首美妙动听的钢琴曲，缓缓流淌在我的心田。

我的妈妈非常温柔。每天早上，当清晨和煦的阳光穿透厚厚的玻璃，轻柔地抚摸着我的脸，而我却睡得正香时，就能听见妈妈那温柔的声音在我耳边响起，"崽崽，起床啦！我的早饭已经做好了。"那声音如此轻柔，就像温暖的阳光被微风吹散了，柔柔地飘进了我的耳朵，犹如蒲公英的绒毛在我耳边拂过，痒痒的。我仿佛跟随着蒲公英一起飞上了云端，在洁白柔软的云朵中穿梭，飞翔，陶醉在一片梦幻中。紧接着，妈妈那温暖的嘴唇又亲到我脸上来了，那酥酥的感觉让我无法抗拒，只好睁开眼睛起床了。

可妈妈并不总是这么温柔地跟我说话，她也有让我很紧张的时候。有一次，妈妈要我做件事，并提出了一些要求，而我根本没用心听进去，却是东摸摸，西找找，结果什么也没办成。这时，妈妈那低沉的声音出现了，"周昕钰，如果你这么不用心，什么事情能做好呢？"妈妈的话虽然不多，但这声音却让我一阵紧张。妈妈那严厉的话语仿佛有魔力一样，让我的心情骤然平静下来，就像一阵阵凉风吹散了我燥热的心绪，让我认识到了自己的不足。

考试在即，每天晚上我都要学习到深夜。那天晚上我像往常一样做练习题，突然听到门开的声音。声音很轻，声音越来越近，最后突然消失了。妈妈端着一杯我最喜欢的茉莉花茶站在了桌旁，轻轻地将杯子放在了桌上，然后又悄悄地走了。那声音依然很轻，但我仍清楚地听见它由近及远，最后随着那一声关门声，消失了。

母爱的声音，在失败时，给我慰藉；在成功时，给我忠告。听，无论是那温柔的声音，还是那低沉的声音，我知道，那都是爱的声音，都是妈妈对我的爱。我会永远记在心里！我要用最真诚的声音回答妈妈："妈妈，我也爱你！"

（指导教师：易彩辉）

第三部分　穿越二十五年的礼物

父爱的公式

曾子川

一直以来，我与父母同睡一张床。我生性好动，常常踢翻被子、半夜起来喝水，这些都成了家常便饭。

七岁生日那天，我吃完蛋糕，爸爸把我叫到大厅。他郑重其事地对我说："诗诗，你已经七岁了，应该和爸爸妈妈分开睡觉。今晚开始，你一个人睡个房间，好吗？"

"NO！NO！"我把头摇得像拨浪鼓，坚决反对。

"反对也没用。你现在不是个小孩了，应该和爸妈分开睡，否则同学知道会笑话你的！"

爸爸一改平时温和慈爱的态度，脸上呈现出严肃认真的神色。

"不行！不行！就是不行！"我态度强硬，小眼睛瞪得比铜铃还大。满脸刻满了"不答应"三个字。

"哎呀呀，你们父女俩就别争了！"妈妈心疼地过来劝说，"诗诗，依我看，你爸爸说的没错。你是个小大人了，我们不能三个人睡在一张床上，多挤啊！"说着，妈妈用眼睛瞟了我一眼，看看我有什么反应。

"算了吧，别给她软磨硬泡的。今晚她睡也得睡，不睡也得睡。我就不信她能怎么着。"爸爸的态度显得特别强硬，大有"黑云压城城欲摧"的气势。

我一听，心就凉了半截。看来，今天晚上爸爸是要动真格的了。我假装哭："呜——呜——"

妈妈是个软心肠的人。她一见我哭，就赶紧过来安慰我，说："好了，宝贝，别哭了。今晚咱们一起睡。"

可爸爸却坚决反对："不行！这事由不得她！"

我看爸爸是铁定了心。于是也把心一横，说："切，不就是分开来睡吗？这有什么大不了的！今晚我就一个人睡。谁怕谁啊！"

"好，爸爸要的就是你这句话！"

说着，我气冲冲地跑进爸爸早已为我准备好的房间，关上门，"扑通"一声倒在床上，蒙头大哭起来……

不知什么时候，我睡着了，一觉醒来，隐隐约约听见隔壁房间传来的说话声。我警觉地竖起耳朵探听，原来是爸爸妈妈在讨论我："你怎么这样狠心。诗诗还只是个孩子，才七岁，需要我们的陪伴。"

"我们不能因为她是个孩子就事事迁就她，由着她。这样以后她怎样去面对生活？"爸爸打断妈妈的话，连珠炮似的责问。听到这里，我鼻子一酸，眼泪不禁簌簌地流了下来……

啊！爸爸，我错怪你了，错得很彻底！回想往日，这种唯我独尊的事情不在少数……天哪，我是不是太任性了？我，我，我已经无法面对父亲了……我又一次泪如雨下，泪水打湿了枕巾，也打湿了我无比任性的心……

那晚，我是带着泪花入睡的。但是与以往不同的是，这次流泪，是为自己的内疚，为那份深沉的父爱而流的……

一个父亲的爱，是一个公式。这个公式，不是数学中拥有逻辑的公式，也不是语文中拥有含义的公式。这个公式就是：慈爱+严厉=完美的父亲！

079

（指导教师：李晓云）

第三部分　穿越二十五年的礼物

爱的力量

木 子

童年时，我喜欢牵牛花的墨黑色的种子，喜欢用透明的瓶子收集它们，而那些瘦小的，不漂亮的，我便顺手丢到了窗外的草地上。

一次，偶然发现，窗外的草地上开满了美丽的牵牛花。那花真是美极了，一朵朵向我微笑，像我们是多年的故交似的。那刻，我心中有了一种莫名其妙的感觉，可就是不知道那是一种什么感觉。

后来才知道，那莫名的感觉，便是对大自然所给予的爱的力量的赞叹。

爱，它是一种很奇妙的东西，老师的谈话中，你会感觉到老师对你的关爱；父母一句关心的话语，你会感觉到父母对你的亲情之爱；同学之间友好相处，你会感觉到同学们对你的友爱……

在风中旅行的蒲公英，因为风的爱，拥有了飞翔的力量，然后落地、生根、开花、繁衍生命。在一群人中行走的我们，因为有了家人的爱，拥有了强大的力量，行走、跌倒、站稳、成功、莞尔一笑，连泪水都甜蜜了许多。

下雨没有带雨伞，有同学送我回家，我感到很幸福，这就是爱。

生病了，爸爸妈妈送我去医院，我感到很幸福，这就是爱。

不会的难题，老师不厌其烦地讲给我听，我感到很幸福，这就是爱……

这些都是爱的表现。

一次下雨，妈妈来接我。我发现伞斜了，妈妈的肩头被雨打湿了，我问道："妈妈，伞是不是斜了？""不，没有，没有，你看错了。"妈妈回答道。我知道妈妈是怕我淋雨，所以把伞斜到我这里。我知道，这就是爱。

我拥有了世界上最强大的力量，它不会被玷污，不会枯竭，不会消失在生命的彼端。因为一开始，我的心中已种下了爱的种子，它会绽放出最美的花蕾……

（指导教师：周岳岳）

家人的爱

胥小娅

长久以来，我们一直都在家人的爱与呵护下成长。我们走在人生的道路上，不断跌倒，又不断奋勇向前，而家人则一直把我们扶起，在背后默默地支持着我们。无论何时，他们都紧挨着我们，用他们的爱推动我们前进。然而，我们不停地向前走，却忽略了身后的他们。我们看不见家人对我们的关心和呵护，感受不到他们对我们的爱，我们只是盲目地向前走。我们有没有想过与他们并肩同行，在他们爱我们时，我们是否也该学着去爱他们？

我们一起回首相望，看看这条路上一直对我们不离不弃，默默在背后支持我们的家人。

当我还是很小的时候，他们用很多时间教我们用勺子、用筷子吃东西；教我们穿衣服，绑鞋带，系扣子；教我们做人的道理。无论什么时候，家人永远都是我们最温暖最坚强的依靠，他们是世界上唯一永远不会背叛我们，永远支持我们的人。所以，当他们苍老的时候，哆哆嗦嗦的时候，走路不方便的时候，我们要牵着他们的手，就像十几年前他们牵着我们的手一样。

爱，无距离。我们每天和家人生活在一起，只有他们为我们付出，我们对他们的贡献又有几分呢？我们有时会厌倦他们的唠叨，但他们却从未嫌弃过我们。

所以，珍惜现在家人对你的爱，学着去爱他们。等你离开家人，或家人离开你，你才会懂得那份爱是多么宝贵。

（指导教师：方耀华）

那个暴风雨的夜晚

张思煜

"轰隆隆"雷声在天空中响过，闪电在漆黑的夜色中划过，格外显眼。雨，"哗哗"地下着。

伴着淅沥的雨声，隐隐约约传来几声含糊的声音，那是我现在还感动着的话——爸爸坚决地说："我去送！"

就在这个暴风雨的夜晚，我发了高烧，而且体温越来越高。

爸爸二话不说，穿上雨衣背起我就往外跑，"咚——咚——"钟已经敲了十二下，爸爸拦不到车，便徒步往医院跑。"我想睡觉。"我轻轻地对爸爸说。"不行！坚持住，快到医院了！"说着，一边加紧步伐，一边给我唱歌，我听着爸爸沙哑的歌声，趴在爸爸坚实的背上无声地哭了。

来到医院，我躺在病床上，护士阿姨给我打了点滴。我抵不住阵阵袭来的困意，睡着了。醒来时，发现爸爸在我床头睡着了。妈妈刚提着一壶水回来，见我醒了，叫醒了爸爸。我很奇怪，妈妈是怎么来的，为了寻求答案，我趁爸爸妈妈离开的时候，问了一下正给我打点滴的护士阿姨，阿姨告诉我，妈妈得知我是在这个医院，冒雨跑了过来。唉，可怜天下父母心呀！

我听了护士阿姨的话，眼里又一次涌出了泪花。俗话说：母爱如河，父爱如山。在那个暴风雨的夜晚，我深深地体会到了父母对我的爱。

哦，在那个暴风雨的夜晚……

（指导教师：孙杰）

我帮妈妈洗脚

杨 艺

"妈，我帮你洗一次脚吧！"

"算了算了，你能洗什么脚呀！"妈妈嗔怪道。

我最了解我妈妈，她满嘴的不愿意，其实她是那么的兴奋。

我倒了一盆水，把妈妈的脚放入水中。看到妈妈那双饱经风霜的脚，我不禁一怔，已经整整十二年了，我却不知妈妈的脚长什么样子。我像小时候妈妈用手擦我的脚那样为妈妈洗脚，鼻子不禁一酸。我想到了妈妈给我洗脚时的情景：用温水抚着我的脚，小心翼翼地摸着我的脚背脚心，就仿佛抱着刚出生的小鸡，不敢有丝毫闪失，最后用毛巾轻轻擦掉我脚上的水珠。这样一洗就洗了五年，妈妈从不喊一声苦叫一声累。

还记得每次晚上睡觉的时候，我总是调皮地把小脚伸出被窝，那时，妈妈就会用那双温暖的大脚蹭蹭我的小脚，妈妈皱皱的皮肤蹭在我的脚上痒痒的，但总是幸福的。于是我几乎每天都要把小脚伸出被窝，让妈妈的大脚温暖我的小脚，让妈妈的爱传遍我的全身。

我轻轻抚着妈妈的脚。这双脚老了，皱了，黄了，不再那么红润了。我猛然间摸到一块伤疤，那是我小时候把碗打碎，妈妈收拾时不小心刮破的，这块伤疤一直保留到现在。我摸着这伤疤，想到了妈妈当时脚流血的样子，不禁打了一个颤，我的思绪似乎永不停息，眼前浮现出妈妈对我的种种关爱的镜头……

想到这儿，我流下几滴眼泪，不忍让妈妈看见，又轻轻拂去了。妈妈为了这个家庭无怨无悔地劳作着，她把所有的青春都给了我，她的恩情我一辈子也报答不完。

妈妈，让我天天为你洗脚吧！

（指导教师：苑红艳）

083

第三部分 穿越二十五年的礼物

不一样的爱

黄佳蓉

爱是一个普通的字眼，每个人心中都有爱，但每个人对爱都有自己不同的理解。在生活中爱的表现是不同的，可有时这种不同的表现形式却都体现在同一件事情上。

三年级开学不久，我们班就进行了多次考试。由于我平时学习认真刻苦，因此每次考试在班里都名列前茅。记得有一次考试成绩公布后，同学们都在议论家长们对好成绩的嘉奖，有的同学说自己的爸爸、妈妈只要他们考第一便奖励五十元，有些同学说他的家长会奖励他一个游戏机，还有的……

只有我在一旁听着没发言，因为我并不知道能得到爸爸妈妈怎样的奖励。回到家我随便问了一句："爸爸，我这次考试考了第一名，你奖励我什么？"爸爸先是一愣，再微笑着说："一个吻。"他的回答竟如此简单，我心里很不是滋味，伤心着怒气冲冲地抛下一句话："你的吻不值钱！"便回到房间写作业去了。可我边写作业，脑海里边浮现出钱与游戏机的影子，影子一会儿有，一会儿又突然消失了，我觉得爸爸妈妈不爱我。这时只见爸爸从客厅走进我房间，一手摸摸我的头，一手递出一个刚剥好的芒果放到我嘴边，我恨恨地接过芒果咬了一口，不知怎么的，往常吃芒果有一点涩，一点酸，可今天吃着爸爸剥的芒果却感到无比的香，无比的甜……

还记得6岁时学溜冰的事。那是一个阳光明媚的星期六的上午，我穿上新买的溜冰鞋叫妈妈带我去学溜冰。由于那时我胆子特小，不敢站起来滑，是妈妈给了我鼓励，她和蔼地说："别害怕，你行的。"我心中顿时放松了许多，可当我站起来，努力让轮子滑动时，一不小心"啪"的一声摔倒了，豆大的泪珠忍不住滑出我的眼眶，我用怜悯的眼神望着妈妈，希望能得到妈妈的爱抚与帮助，可妈妈却说："自己站起来，哭解决不了问题。"我虽有点生气，但还是坚强地站了起来，经过多次摔倒又爬起来的艰辛，我最终学会了滑冰。尔后，我问妈妈为什么不扶我起来，妈妈语重心长地说："妈妈不扶你并不是不心疼你、不爱你，'失败是成功之母'。如果扶你起来了，你就学不会滑冰，做事、学东西都不能光依靠他人，关键要靠自己努力才行。"直到现在，我一遇到困难时，耳边总是萦绕着妈妈的话，如今我已经明白了这样一个道理：人生的道路，就好比学滑冰一样，总会有磕磕碰碰，总会遇到挫折与艰难，做什么事不可能都是一帆风顺、一马平川，只有经历磨炼与艰辛，才能最终获得成功。

是啊，爱虽然无处不在、无时不有，可有的时候，爱的表现却不是一样的，有的人用金钱、用物质来诱惑，有的人却用精神、用行动来鼓励，而我只需要精神的支撑与鼓励。现在想想，爸爸的一个吻是多么的值钱，妈妈的话是多么有道理！

爱这个东西，看不到，也摸不着，但却时时刻刻陪伴在我们的身边，在我们的心中。妈妈是我们避风的港湾，她的爱是引导与鼓励；爸爸是我们力量的源泉，他的爱是博大与坚强。我要在这两种不一样的爱的春风里驾驭好我人生的风帆，驶向成功的彼岸！

（指导教师：方耀华）

085

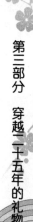

第三部分 穿越二十五年的礼物

爱是一种幸福

刘雨荷

大爱无私，大笑无声，大悲无泪，大悟无言。

是啊，每个人都有母亲；每个人都曾有过母亲温暖的呵护；每个人都在母亲的怀抱下茁壮成长……母亲的爱是无言的，母亲的爱更是无私的，母亲啊！我爱您！

让时光倒流，六年前的一个晚上，那是一个寒风呼啸的夜晚。7时，妈妈正在厨房洗碗，爸爸因公事出差，我跪在地上堆积木。突然我感觉到有一个什么东西似乎触碰到了我的脚，接着便是一阵撕心裂肺的疼痛。我"啊"的一声尖叫，接着便坐在地上哇哇大哭起来。妈妈闻声立刻跑到了我身边。发现我是被玻璃扎伤了！妈妈立即背着我朝医院跑去，外面的风呼呼地吹着，虽然我只穿了一件单薄的衣服，但还是能感觉到妈妈带给我的一阵阵暖意。

086

转眼间，我们便来到了医院。我胆怯地坐在凳子上，双手紧紧地抓着妈妈的衣袖。医生说了半天，都是围绕着缝针展开的。可妈妈就是不同意，因为他知道，缝针是很痛的，我还小，不想让我那么痛，所以婉言谢绝了那位医生，背着我回家了。一路上妈妈都在跟我说："雨荷，不用怕，妈妈永远都在你身边！"

晚上，我一个人躺在床上，翻来覆去睡不着。我不理解妈妈为什么要拒绝医生动手术。想了很久都想不通，难道是妈妈认为我太胆小？可是妈妈为什么不问问医生疼不疼？医生也没说不疼啊……可是，我却忘了时间，直到我想上厕所时才发现已近十二点了。我忍着疼痛下了床，在经过妈妈的卧室时，我隐约听见一阵哭泣，仔细聆听，是妈妈在给爸爸打电话汇报我的病情，原来医生今天对妈妈说，如果我现在不做手术，长大后就会留下一个疤痕，以后露出来就不好看，但妈妈不想让我受到疼痛的折磨，所以还是拒绝了医生。妈妈心里也很难受，不想让我的脚上留下永久的伤痕。我在门外，静静地听着，心里很难受，觉得对不起妈妈。我在心里默念："妈妈，等我长大了，一定会一辈子照顾您，一辈子保佑您的！"这个晚上，我睡得特别安稳，在梦中我梦见了我和妈妈在阳光下散步，和妈妈一起……

　　啊，妈妈，您的爱如一条涓涓细流，流淌在我的心房；您如一幅美丽的图画，在我心中绽放辉煌！

（指导教师：方耀华）

第三部分　穿越二十五年的礼物

爱的方式不同

邓　洁

　　小时侯，我一直认为爱就是家人天天围着我转，想要什么就能得到什么，伤心的时候能安慰我。

　　上幼儿园时，爸爸妈妈在老家做生意，奶奶带着我住在叔叔婶婶家，我一直认为我没有得到父母的爱，在家里我不小心摔了一跤，在那儿"哇哇"大哭，奶奶看到我在哭，先把我扶起来，看看有没有事，没有事就用手拍拍我的头，然后去做自己的事情；上小学一年级的时候，叔叔不管我了，让我想干什么就干什么，我认为叔叔不爱我了；我很喜欢婶婶笑，因为婶婶的笑代表我的进步与努力，可是婶婶很少笑，总是"阴"着脸，命令我练习古筝、写作业、看书，我常跑到卫生间里默默地流眼泪，心里总认为，他们不理解我，不爱我。

　　到四年级上学期的时候，我终于明白了大家都非常爱我，不过他们爱的方式不同。爸爸妈妈在老家虽然不能每天陪着我，但是他们认为只有他们努力地挣钱，才能给我营造良好的学习环境；奶奶说"没事"，是为了让我学着在痛苦中坚强地站起来；叔叔不管我，是为了让我从小养成良好的自觉习惯；婶婶"阴"着脸是为了让我一心一意的学习，而不是三心二意，这样才能使她由"阴"转"晴"。

　　爱的方式有很多，有的很直接，有的很委婉，我不能说家人不爱我，是因为爱的方式不同。谢谢所有的给予我爱的家人，我也爱你们！

（指导教师：张学义）

向日葵的启迪

于子涵

我在低年级的时候，是个不懂事的孩子，好些事情喜欢斤斤计较。打扫卫生时会因为你干得少、我干得多和女生计较。做早操时会因为不小心的接触和前排同学争执。老师把我的情况告诉了妈妈，妈妈认真地和我谈心，告诉我，男孩子要大度。我默默地下定决心要改变自己，我严格要求自己，打扫卫生时埋头苦干，可女生还是找我的茬。老师好像也被蒙住了眼睛，不仅丝毫没有察觉实情还说我不认真。我心情沮丧，回家后流着泪向妈妈埋怨这件事，妈妈只说了一句话：只要你坚持做好自己就可以了。

每个假期妈妈都会带我出去旅行，三年级的暑假，爸爸妈妈带我去新疆旅行，妈妈特意带我来到一大片向日葵田边，一朵朵向日葵露出金灿灿的笑脸，这时妈妈对我说："向日葵知道太阳不会永远照耀着她，但她从不抱怨、从不气馁、从不放弃，她紧紧跟着太阳，终于得到了太阳的温暖，做人也一样，不要总抱怨，也要在自己身上找找原因，改变自己的同时一定也会改变别人对你的看法。"

听了妈妈的这番话，我望着向日葵灿烂的笑容想了很久很久，思索着……

四年级的时候，我决心从小事做起改变自己。我认真做广播操，打扫卫生时总是挑累的活干，同学只要有困难，我就会伸出温暖的手。我的改变和努力没有白费，老师和同学们看在眼里记在心里，功夫不负有心人，我得到了"认真做操"和"打扫卫生认真"的优点单，这是老师和同学对我的肯定，我终于也和向日葵一样接受到了温暖的阳光。

向日葵让我懂得了停止抱怨，改变自己，让我变成了一个有责任、有爱心的人，也让我的心灵有了一次成长。

（指导教师：张学义）

089

第三部分 穿越二十五年的礼物

母 爱

张丽莎

每个人都说："我的妈妈是世上最伟大的，我的一切都来自妈妈。"我也觉得世上只有妈妈好。母爱犹如那高大的帐篷，可以遮风挡雨；又如那宽大的肩膀，让你依靠着，把自己的伤心事说出来，靠在那肩膀上哭泣。

我妈妈中等身材，一双并不算有神的眼睛，脸上布满皱纹，皮肤黝黑，鼻梁较高。

记得那年，我刚满9岁，冬天的早晨，天蒙蒙亮，我被一阵搓衣声吵醒了，那里有个人在洗衣服，我走过去，啊！怎么是妈妈呀！我说："妈妈，您怎么不再睡会儿呀？"妈妈笑了笑说："我要再睡一会儿呀，你们就得穿脏衣裳了。""那我帮你洗。"我着，就把手伸进了盆里，好冰呀！我说："妈妈，您怎么用冷水洗呀！"妈妈说："天冷了，节约一点柴火。"

我看到妈妈的中指被搓破了，一股鲜血从她的中指流出来。我的心颤抖了一下，我觉得很痛很痛。这时，我才发现，妈妈的手是那么粗糙，长满了老茧……

还有一件事真是令我至今难忘。那年我生病了，住院了，妈妈每天无微不至地照顾着我。每天给我讲故事，问我想吃什么，她只想着我，却忽略了自己。在妈妈的精心呵护下，我康复出院。这时我才发现，在医院这段时间，妈妈为了我衰老了许多。

你说，这比山还高，比海还深的爱，我怎么才能回报呢？

我觉得我的妈妈是世上最伟大的，她的爱最无私，最宽广，我爱我的妈妈！

（指导教师：张翊奇）

第四部分

微笑的力量

上课时，他埋头"苦读"，是在认真听课吗？非也。他正在津津有味地看课外书呢。同学或老师提醒后，他抬头了，可手仍然不闲着，翻书包、翻铅笔盒，骚扰同学，反正不专心听讲的他，是"两耳不闻窗外事，一心只做我的事"。不仅老师头疼，同学们的意见更大，作为同桌的我，不得不伸出援助之手。

——张冉《"可恶"的"坏"男孩》

你还记得我的手吗

郎羊紫

"你有什么了不起？"

"你又有什么了不起？"

"总比你了不起！"

……

柳子一定记得这事儿，当时争得面红耳赤的我们都哭了。受气的我在美术课上画了一棵树，孤单的一棵，高大的，绿意浓浓。

柳子再也没有提这事儿，我也觉得它只适合偶尔去回忆。我常常想，认识柳子一定是在一个很美的日子。有人说，柳子是"灰姑娘"，虽然她有些不太高兴，但灰姑娘也不错啊。难道美丽的人儿不应该有个美丽的结局吗？柳子便是如此。

柳子是我为她取的名字。我喜欢柳树，喜欢雨中那一抹轻纱似的绿，那是一种简单的美。我喜欢静静地看着柳子，仿佛是第一次看着她，高高瘦瘦的，乖巧的脸庞，蓝色的牛仔裤，有些发白的帆布鞋。"柳子，柳子。"我花儿般簇拥着她，"你知道吗？你像极了我看过的小说中的一个人物，真的很像。""她是谁呢？"柳子挺好奇，那团清亮的东西在她眉宇间闪烁。我敲敲脑袋，记忆深处，摇落你的影子。柳子，你是独一无二的，任何人都仿效不了你的美。

"能帮我修改一下我的作文吗？"还是柳子开口了，脸上依旧写着淡淡笑容。柳子，难道你忘记了吗？我是你的对手啊，这一次你赢了，你应该狂妄地大笑，而不是打破我们之间的隔阂。在我失败，而你成功的时候，谢谢你的淡定，谢谢你的诚恳，一下子仿佛离你这么近。我露出了洁白的牙齿，"当然可以。"你知道吗，柳子，那轻轻的一句话，融化了我心中的冰块，拉近了你我的距离。

第一次把自己当成很小很小的孩子，因为有你来安慰，因为有你陪我说话。第一次发现当小孩很幸福，因为你拉着我的手。

就像我们并肩走在一起，热热的空气，你我吃着冰棍，拉着手，走过阳光，走过美丽。

柳子，别哭，你是我封存在记忆里的幸福。

春天又从翻开的日历里跑了出来，你还记得我的手吗？

下一季，再拉着我的手一起走过吧。

（指导教师：胡叶）

093

第四部分 微笑的力量

让友情温暖心灵

何子懿

有一首很好听的儿歌叫《找朋友》："找呀找呀找朋友，找到一个好朋友，敬个礼呀握握手，你是我的好朋友。"多么纯真、动人的旋律呀！我很喜欢这首歌，虽然它很简单，但是却让人感到快乐、幸福。现在长大了，每每听着这美妙的歌声，不禁让我想起了很小的时候，在幼儿园里拉着好朋友的手一边嬉戏，一边大声唱着《找朋友》的情景，一种甜蜜和温暖的感觉涌上心头。

当我们一天天长大，身边的朋友也逐渐多了，但与儿时伙伴结下的那份友情却永远是崭新的。也许你会问：什么是真正的友情？真正的友情，如一缕明丽的春风，又似那不含杂质的水般清澈透亮。伯牙与子期"高山流水遇知音"的友情境界，让世人称颂不已；李白的"桃花潭水深千尺，不及汪伦送我情"成为千古传颂的友情诗篇；桃园三结义的典故更是千古友情的典范。

三国时期的关羽与刘备情谊深厚，肝胆相照。曹操见到关羽后，觉得他是个人才，有英雄气概，便苦苦挽留，又是金银财宝，又是宝马赤兔，关羽却不为所动。他是个讲义气的人。他深知，做人不能见风使舵，刘备是自己的结拜兄弟，就不能背叛他，这是对忠诚友情的坚守。

每个人都需要友情，因为有了它你才能让生活过得有滋味，才能让生活充满阳光。培根说过："没有真正的朋友实在是凄凉孤独。如果没有朋友，这世界只是荒野一片。"

前些日子，我看过一个故事——《钢琴上的黑白左右手》，讲的是玛格丽特·帕崔克与露丝·艾因伯格两位钢琴手之间的故事。命运也许是残酷的，勇敢地面对困难才是解决之道。黑人钢琴演奏家玛格丽特·帕崔克因中风导致右手残疾。而露丝·艾因伯格也因患病，左手失去了弹奏的能力。原本，她们应该放弃，可最终她们凭借着友情的力量和顽强的毅力，取得了成功。她们用自己完好的那只手合作，经过艰苦的训练，配合得越来越默契。但凡听过她们演奏的人，都会惊叹那天衣无缝的完美合作，都会明白友情那种无限的力量，能使人摆脱厄运。那两只不同颜色的手在钢琴上演奏，弹出一首首赞美友情、震撼心灵的旋律。每每看到这样的故事，心中总是充满着温暖，因为，那是友情的温度。

　　在生活中，我觉得友情很神奇。它能拉近人与人之间的距离，它能使我们的生活充满欢笑，它能在我们走过的路上留下美好的印迹。同学们，不要问友情在哪里，其实友情就在我们身边。友情，可能是在你我失落时，朋友一句鼓励的话语；可能是在遇到困难时，朋友的一次热情相助。或许淡淡而过，或许刻骨铭心。

　　那是发生在我念三年级时的事情，事情虽小但我永远不会忘记。在一次考试中，我认真答题，写着写着，发现自己的笔突然不出水了，更糟的是我没有准备多余的笔。那时我就像一只热锅上的蚂蚁——急得团团转。因为胆子小，所以也不敢请老师帮忙，时间一分一秒过去了，而我却坐在那干着急。这一切被我的好朋友看在眼里。她爽快地递给我一支她十分喜欢的笔。你可知道，这可是她平时连自己都不舍得用，别人碰都不能碰的"宝贝"呀！我接过笔的一刹那，一股暖流涌遍全身。当时，我没有说话，把太多感谢的话埋在了心里。我用那支笔答完了试卷上所有的题目……学期结束之后，她因为家庭原因要转学。我伤心极了，在她离开的那一刻，注视着她远去的背影，我才明白友情是什么：友情就是在最无助的时候，朋友给予我们无私的帮助和依靠；友情就是在最孤独的时候，朋友给予我们心灵的安慰和温暖。虽然直到现在我还不知道她在哪里，可我明白我们之间的友情会在时间的长河中越来越深厚。

095

　　同学们，友情是一棵常青树，它需要我们用心去浇灌、去呵护。让我们放慢脚步，去寻找身边最真挚的友情吧！让我们都以一颗热爱生活、感恩生命的心去播种友情，为人间种下爱，让友情温暖心灵，让友情之花尽情绽放。

（指导教师：叶立华）

第四部分　微笑的力量

可爱的小组

王嫣涵

转眼就要小学毕业了，六年里最难忘的就是我亲爱的同学们了，特别是我可爱的小组同学，我们在一起度过了多少快乐的时光啊！

我们小组的同学各有所长！

小组长周鸿春是个好学生，口才好，能说会道。她的脾气出奇的好，遇到再调皮的组员，她都会很温柔地对待。每次班会活动，她总是带领我们积极参加，并且一定能取得好成绩。

胖胖的陈权戎，会吹葫芦丝，我们小组可少不了他。在他优美的葫芦丝伴奏下，我们的节目总是不乏创意，大家表演起来也更加投入。每次看到他站在舞台上表演，我就觉得好像是小组所有同学都站在舞台上一样。

王茂旭可是我们班的电脑高手，只要我们有电脑方面的问题，找他！他一定会说："没问题，包我身上！"他还主动为大家整理复习资料。很热心，对不对？因为他是我们小组的一员！

陈威宏个子小小，但只要有他在的地方就有欢笑。他是我们班的开心果！大家难过时，他会给我们讲笑话，逗我们开心；做游戏时，要是他被罚，便会做出各种各样的怪相，让我们笑破肚皮。

我呢？我觉得自己没什么高超的本事，可大家都说我是小组不可缺少的一员。表演时，我总是和组长一起承担最重要的角色；朗诵时，我认真地练习，尽量做到最好；学习落后时，同学们都纷纷伸出友爱的手，帮助我……我们一起欢笑，我们一起难过，我们一起努力，我们一起分享成功……只要在我的小组里，我就觉得自己永远不会孤独。

生活中总有喜怒哀乐，老师说：每一种都是最珍贵的回忆。我会把我的小组，我的小学生活，珍藏在心中，它不仅是对过去日子的美好回忆，也是对未来学习生活的激励。

我爱我可爱的小组！

（指导教师：吴勇）

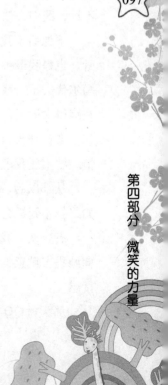

第四部分 微笑的力量

盛开的友谊之花

赵梓璇

她，水灵灵的眼睛像黑葡萄，笔挺的鼻梁下是一张名副其实的樱桃小嘴，圆圆的脸蛋上有一对浅浅的酒窝，绝对是标准的"美少女"。她最大的爱好就是舞蹈了，不论何时，她总是把胸脯挺得直直的，好一个高傲的美少女！她就是我最要好的朋友——孙梦霞。

因为她比我大二十多天，所以我叫她"霞姐"，她叫我"璇儿妹"，我们都很喜欢彼此的新称呼。我们的关系简直比亲姐妹还亲，下课一起玩，放学一起走，不懂的题一起研究……总之是一对形影不离的好伙伴。可是，再好的伙伴也有闹矛盾的时候。

有一次，马上就要声乐考试了。音乐老师说："这次声乐考试可以两个人自由组合来演唱。"老师话音未落，教室里便已炸开了锅。她的座位离我不远，我们好似有心灵感应似的，同时扭过了头，相视一笑。

下课后，我们一起选歌，选了一首音乐书上的《童心是小鸟》，特别好听，也是我最钟爱的曲子。我们试着合唱，还没唱几句，她却已经跑调跑到马尔代夫了。我无奈地说："算了，我还是去找别人唱吧！您'老人家'实在跑得太远了。"我走开了，却没注意到她脸上写满了失落与悲愤。

考试那天，我发挥得很好，得了满分。我高兴极了，却无法猜测她的心情。她不理我了！也许那句话，真的伤了她的心。

从那以后，我们几乎不说话了。我意识到自己的错误，想向她道歉，却始终找不到机会。

有一次，我们几个好朋友一起聊天。我想，她应该给我机会了吧！我便向她投去歉意的目光，目光相遇，她却故意躲闪。她在回避什么呢？我满心疑惑。

那天她QQ在线，我给她留言："对不起，那次声乐考试……"她却给我发了一个大笑脸，下面写着："其实我早就忘了，也想给你道歉，但是一直没敢开口。对不起！"我也回了她一个大笑脸。我们就这样和好了。

第二天，我们又和往日一样形影不离。因为我和"霞姐"都知道，我们之间的友谊之花正在盛开着，盛开着……

（指导教师：马艳萍）

第四部分 微笑的力量

末 班 车

陈靖壬

踏上××路车去小姨家过年。出门前，爸爸在电话里反复叮嘱："上车时要问司机'到不到××××'？""知道了，放心吧！"我的语调是那么快乐，那么自信。要知道，小姨对我最亲了，我恨不得马上见到她。

出门时，已经很晚了——快到六点。我踏上了最后一班公共汽车，心里默念着爸爸的叮嘱，上车前问了句："到不到××××那一站"？司机轻快地答道："到。"我便放心地坐上了这辆车。

环视车内一圈，车上仅有六个人。外边的路灯已经亮了，天，黑了。这不免让我有些害怕。

车子平稳地停靠在车站旁，下去一个人，又下去一个人。接着又是一站，又下了一个人……

最后，车上只剩下我和司机两个人。

车里一片寂静，司机继续掌控着他的方向盘，而我只能呆呆地坐着。

快到站了，这站离小姨家有点儿距离，下车后还要走八九十米再过一条宽敞的大马路才能到。我默默地走到车门口，准备下车。司机的问话打破了车内的沉静："到哪儿"？我竟然毫无顾虑地把小姨家小区的名字报了出来。司机调了个头，直奔那个小区，在门口停了下来。

我愣了一会儿，司机扭头对我说："小姑娘，路上小心。"我缓过神来，连忙对他了声"谢谢"，跳下车向小姨家走去。

此时，我的心像沐浴在阳光下一样温暖。

我想，这大概就是陌生人的爱吧。突如其来的，不经意间的爱，像春风拂面，温暖着每一个人的心。

（指导教师：李茂香）

爱

曹 灵

　　爱是一朵七色花，每一种颜色都很美，都代表着爱的希望；爱是一朵白云，每一丝云都很柔，都代表着爱的奇妙；爱是一片草地，每一棵小草都很绿，都代表着爱的平凡和伟大；爱是一棵大树，每一个果实都很甜，都代表着爱的甜蜜……风，吹过了我的心里，爱滑过了我的心田。

　　我和朋友的爱像泉水一样，轻轻流进我的心中。我就像那棵大树成长在你天天必经的路上，默默地看着你那甜美、幸福的笑容。我就像那张路边无人在意的长椅，你就像那优美的藤蔓紧紧缠绕在我的身上永不分开。虽然我们俩要毕业了、要彼此离开了，回忆着我们六年来美好、快乐的时光，在心中我永远记得：你，是我最好的朋友！我真的舍不得离开你，但我深深地知道，我们的心永远是在一起的。你的开心和痛苦决定了我的一切。你的笑可以给我带来快乐，你的眼泪可以给我带来痛苦。我和你的爱映照在整个天空，散发着耀眼的光芒，让每一个人都看见我们那永恒的爱。

　　我摔了跤，不方便行走，是你帮我背书包，扶我上楼梯；我生病了，很难受，是你关心我、问我好点没；我遇到不会做的题，用手抓着脑袋，是你告诉我，耐心地教我……在发呆时，我一定会想到你对我的爱、对我的宽容；笑时，我一定会想到你对我的爱、对我的笑容；哭时，我一定会想到你对我的爱、对我的安慰……

　　我们的爱是一张张丰富多彩的画片：一个十分炎热的下午，西斜的太阳依旧散发着余威，放学后，我忙着赶回家，却发现我的手机包不见了。我十分着急，那里面可有手机哪！你见我着急的样子，立刻问我："怎么啦？""我的手机包不见了！"我快要哭出来了，你镇静地帮我想办法，说："是不是掉在教室里了？""可能吧，快去找吧！"我急得像热锅上的蚂蚁。我们一同返回教室，差不多把整个学校都翻了一遍，还是没找着。你的汗珠一滴一滴掉落在了地上，也一滴滴滴入了我心里。我哭了，打算再回教室找找。这次，我不想让朋友为我而再受累了，于是就一个人偷偷地去了。刚走到一半，只见你气喘吁吁地追过来，说人多力量大，要和我一起找。最后终于在教室的一个角落找到了手机。夏嘉阳，我们永远是好朋友！

友情是一种伟大的爱，因为这种爱是世界上最纯洁、真挚的爱！我们的爱像一粒小种子，慢慢生根发芽，总有一天会长成参天大树的！

（指导教师：方耀华）

"可恶"的"坏"男孩

张 冉

我们班有一男孩，名叫"长风"。他高高瘦瘦的，特别喜欢看书，还戴着一副小眼镜，远远望去文质彬彬，可事实却是大相径庭。

上课时，他埋头"苦读"，是在认真听课吗？非也。他正在津津有味地看课外书呢。经同学或老师提醒后，他抬头了，可手仍然不闲着，翻书包、翻铅笔盒、骚扰同学，反正不专心听讲的他，是"两耳不闻窗外事，一心只做我的事"。不仅老师头疼，同学们的意见更大，作为同桌的我，不得不伸出援助之手了。

刚进校门时，老师就教育我们：同学之间要团结友爱、和睦相处，要互相帮助、互相学习。因此，当他开小差时，我会时常提醒他；下课后，我总找他聊天、玩耍。还记得，有段时间他特喜欢恶搞我的橡皮。我十分气愤，可越是阻止，他干得越欢，怎么办？妈妈告诉我，他这样做也许是想引起别人注意的一种表现，只有"动之以情，晓之以理"，才能帮助他走出怪圈。"你喜欢我的橡皮吗？男孩也喜欢搜集漂亮的东西吗？要不我送你块新的。喏，这个汽车形状的你肯定喜欢，拿去吧，我家里还有呢。"我的盛情相赠使他面红耳赤，手足无措。我假装没事似的，把橡皮塞到了他手里。从此之后，他再也不做那样的事了，而且我们成了好朋友。

我们知道，种子萌芽生长，必须经过黑暗中的挣扎才会见到破土而出时的第一缕光亮。任何人只有努力克服成长路上的各种挫折，才能长大，才能成才。当然，同伴的宽容和相助就如同种子萌发所需要的阳光、空气和水一样，不可或缺。我相信，如果我们一起成为阳光、空气和水，那我班的"可恶"的"坏"男孩也一定可以长大。

（指导教师：张学义）

103

第四部分 微笑的力量

梦　想

冉晓慧

　　早上，我们在小吃摊前吃粉的时候，远处走来一位步履蹒跚的老婆婆。她弓着腰，顶着一头乱糟糟的白发。她身体矮小，脸黑乎乎的，穿着一件破烂的大衣，一双露出脚趾头的鞋子，看起来像捡来的，头上还戴着一顶破烂的帽子，身上挎着一个脏兮兮的大包。她在垃圾车前停住，捡起人们扔掉的一次性碗，津津有味地喝掉碗里剩下的汤。

　　大家都目不转睛地看着老婆婆，有的觉得老婆婆可怜，有的则不怀好意地取笑老婆婆。

　　我很想买一碗粉给老婆婆吃，当我走上前去，准备拿钱的时候，却发现兜里没有钱了，只好遗憾地望着那位老婆婆。

　　我真心希望老婆婆明天还能再来，这样我就能给她买一碗粉了。我很想知道老婆婆住在哪里，我很想帮老婆婆修一间小房子，哪怕只是一个能遮风避雨的地方也可以……但是现在我都做不到，我真希望我是个有能力的大人，能帮助老婆婆找一个吃得饱、穿得干净并且充满温暖的家。

　　这位老婆婆我们以前都没有见过，为什么她会流落在外呢？难道是因为子女不孝顺，才会这样吗？这让我想起了爷爷喜欢的一首叫作《老来难》的诗来。

　　我有一个梦想，就是长大以后，开一个老人院，让无家可归的老人们有一个温暖的家园来安享晚年。

　　我还想开一个孤儿院，让从小没有爱的孩子感受到爱。长大以后，他们也会帮助别人，那么爱就是乘法了……

　　我的梦想一定要实现，从现在做起，从小事做起。我想起爷爷对我说过的话，多做好事，总会有好报的。我不需要报答，只希望爱能像阳光一样，照耀着人间，温暖着人间。

（指导教师：张翊奇）

微笑的力量

刘佳琪

微笑，原来有一种神奇的力量。

放学了，我和妈妈一起往家走。路上碰见同学，我都像没有看见一样，不跟任何人打招呼，显得很冷漠。站在旁边的妈妈把这一切都看在了眼里。在路上，妈妈牵着我的手问道："平时你在学校见到老师和同学也这样吗？"我支支吾吾地答道："差……差不多吧。""看到熟悉的人应该主动问好。"妈妈面带微笑，温柔地对我说："这才是一个有礼貌的小学生应该有的行为。当你对别人微笑的时候，你自己也会变得很开心。"顿了一下，她继续说："微笑可以令一个人变得美丽，我们每个人在别人的眼中都是一道风景，为什么不让自己的这道风景成为美景呢？""我知道该怎么做了。"我点点头对妈妈说。

到家了，在等电梯时碰巧遇到了楼上的邻居阿姨，我耳边响起了妈妈刚才说的话，心想：我试试看，从现在起就学会微笑。我一改往日的羞涩，勇敢地抬起头，主动地微笑着跟阿姨说："阿姨好。"说话时我心中怦怦跳，脸也不由得红了。阿姨的脸上笑成一朵花，也友好地对我说："你好，真是个有礼貌的好孩子。"听了阿姨的夸奖，我不好意思地低下了头，但心里却是从未有过的开心。我真没想到微笑会有这么大的魔力，温暖别人的同时也愉悦了自己。

后来，我就常常面带微笑，和亲人朋友打招呼。大家都乐呵呵地回应我，生活也变得美好了。

微笑是一个人心灵里最深厚的感情体现，虽然表面只是一种单纯的表情，可是它却在传递着爱。

（指导教师：张学义）

第四部分 微笑的力量

化作一缕尘

方　圆

不知过了多久，天总算放晴了。

放在门口的花早已在一阵细雨中湿润了，它们都高兴地抬着头，望着被冲刷过的天空。

我却怎么也开心不起来。刚才，我和我的朋友吵了一架。

她是我偶然认识的，我们不是同学，说是朋友，似乎也有点夸张，只有在周末碰到时，才偶尔聊聊天。

她是个不漂亮却很可爱的女孩，发帘低低地垂下，眼睛很和气地眯着。脾气很随和，我说什么，她都笑眯眯地听着，有时应和几句。

今天，她不知怎么了，我说到街上去逛逛，她竟急着反对，还说我幼稚没品位，又不买什么东西，浪费时间。望着她气鼓鼓的样子，我十分生气地斜眼望了望她："真不知好歹，我又没逼你，我自己一个人走好了。"说完，我头也不回，只留给她一个背影。

回家的路上，天下起了雨，我慢腾腾地走回家，要是她在多好啊！唉，我们之间还会有友情吗？

都怪我，每次都不能了解一下别人的感受。

下午，我百无聊赖地趴在桌上看书，听到楼下有人在叫我，是她！

我奔下楼去，努力表现得从容不迫，很想开口跟她道歉，但终究……

倒是她，绞着手，低垂着头："好啦，我来找你了，以后我听你的还不行吗？"

我站在楼梯口，微笑着望着她慢慢走远。

友爱，每个人都渴望友爱，有时，仅仅是一句话，却又没有勇气承担。

友爱不过像平凡的一缕尘，就像王菲的歌中所唱："就连友情也会变老也会长皱纹。"

我望望蓝天，它与白云紧紧相依，它们每天都这样，这样和睦，这样快乐。

我明白，我的心里，已飘进了一缕尘，那是友爱化作的尘。

（指导教师：郭涛）

第四部分 微笑的力量

感谢对手

曹姜江

我们生活在这个世界上，需要感谢的人有许多：生我育我的父母，尽职尽责的老师，待我宽厚的朋友。可是，我们有没有想过要感谢我们的对手呢？

也许这个问题很幼稚，不过我却从来没有想过，我不禁扪心自问：为什么从没有想过，自己的对手，也是应该感谢的啊。

有了对手，才会有表现自己实力的机会；有了对手，才会有奋发向上的动力。是对手，让自己如此强大。

与对手的对决，我曾亲身经历过。我曾担任过两年班长，可是不知为什么，到了三年级，老师把我撤下，换了另一个人当。当时我很想问老师为什么，可是一想，或许是自己做得不好吧，或许是太骄傲、太暴躁，有人提意见吧。我不再去追问，而是不断地努力，稳住自己名列前茅的成绩。转眼间，一年过去了，我们的两位班长做得很好，一直没有人反对。我不禁想：原来人外有人啊。升到五年级，有人问我，为什么不去跟老师说要改选班长的事情，对此，我只是一笑了之。因为我清楚，如果自己做得好，不用说，老师也会考虑重新选人的。我也问过自己是否对此耿耿于怀，我的答案是不一定。当我意识到自己优秀的原因，除了父母和老师的教导，应该还有对手的一份时，我的答案明确了：不，虽然失去了班长的职位，可是我的坚持却没有改变。两位强人班长已经是我的对手，这说明我还有缺点，要不断改正，不要心浮气躁，这样才能打败对手。

我看到过一篇文章，大致意思是对手让自己强大。我想了想自己，也正是这样，当今社会能人强者有很多，可谓人才济济，只有不断地取长补短，才能出类拔萃。所以我想到了要感谢对手。

对手，让人畏惧，可是对手，也能让我们奋勇前进，努力向上。所以，感谢对手，最终受益的还是自己。

（指导教师：刘家）

第四部分 微笑的力量

我的新朋友

刘小彤

"唉，那个人是谁？"从远处缓缓走来一个女孩，大概八九岁模样，瘦瘦的，一根马尾辫在她身后甩来甩去，显得十分可爱。但是很面生的样子，我好像从来没有见过。

"大家好，我叫王杨洋，和何雪莹是好朋友，专门从奇台县过来找她玩的。"女孩的声音不大，干燥的嘴唇半张着，不自信的眼睛一直瞄着自己的鞋子，两只手因为紧张的原因紧紧地扣在一起。我再次仔细地打量她：眼睛很大，但是皮肤有点黑，身材瘦弱，一副弱不禁风的样子。想到她从县城来，"土老帽"这个词便出现在我的脑海里。

我一边用挑剔的目光注视她，一边向同学们告别准备回家，没想到竟然被一块大石头绊了一跤，一下子跪倒在地，等我把裤腿挽起来，血已经沿着腿流了下来。只听见一阵"咚咚"的脚步声飞快地向我跑来，"她该不会是来嘲笑我的吧？"刚才我……怎么办啊。脸色苍白的我，内心忐忑不安。"啊，不好，真的是她来了。"我赶紧用手捂住伤口。

"你没事吧？"她弓下腰，茫然的大眼睛痴痴地望着我，我咬紧牙关硬碰出几个字："没事，不用你管。""你不用逞强。"她似乎发现我受伤了，二话没说蹲下身子，用手强行掰开我的手，眼睛睁得滴溜溜圆，眉头紧锁，仔细观察着我的伤口，不一会从口袋里掏出一张卫生纸，轻轻地用她那竹竿似的手为我擦干了血迹，并不停地试问，"疼吗？""不疼。"我羞愧地答道。她炯炯有神的大眼睛散发出善良的光芒，黑里透红的脸蛋，高高的鼻子，樱桃似的小嘴，弯弯的柳叶眉……

此时我觉得她不再是那个土土的、黑黑的——"土老帽"形象的王杨洋，而是一个充满爱心、善良、懂得如何关心他人的天使。我为自己之前的想法而内疚。通过这件不起眼的小事，使我彻底地改变了对她的看法，认为她是一个值得交的朋友。她的外表并不美丽，但她那颗善良、真诚的心是最美的。

（指导教师：康娜）

第四部分 微笑的力量

谢谢你，朋友

张静婷

朋友，就是在遇到困难时，点亮自己内心的那盏灯。它不会因太过明亮而刺眼，也不会太过于微弱，它发出一丝丝温柔的光线，温暖了心弦。在我的记忆中，有一个人总是浮现在我的脑海中，眼前总是闪过她那向日葵般的笑脸，她的喜怒哀乐……那个人是我最好的朋友——小晓。

记得一次语文测试，我考得很不理想。当我看见那张用红笔打了许多大叉，以及那令我震惊的分数的试卷时，我实在不敢相信自己的眼睛。泪水模糊了我的视线，眼前的一切显得那么不真实……

"怎么啦？"一个熟悉的声音从上方传来，是小晓的声音。"没，没事……"见小晓过来，我使劲擦干眼泪，赶紧用手捂住试卷的分数。小晓看了看我用手捂住的试卷，又看了看我，似乎知道了些什么。她想了一会儿，关切地对我说："小静，我给你讲个故事吧！有一个女孩，在一次测试中，她考了一个很不理想的成绩，她很伤心。她的朋友见到她这个样子，也很难过，就对她说：'一次考不好没关系，你还有下次，下下次啊！但如果你对自己失去了信心，不要说这次考不好了，连下次，再下次的机会也都失去了！你想要做失去三次机会的人吗？如果不想的话，我的朋友，请你加油，为下一次的测试努力吧！'女孩听了，被感动了。她答应了她的朋友，并在第二次测试中取得了很好的成绩。"

小晓说完，对我微笑了一下，说："那么，我想套用故事中的一句话：'我的朋友，请你加油，为下一次的测试努力吧！'答应我，不要再难过了，好吗？"此时沉浸在悲伤之中的我，震惊得说不出话来。我呆呆地望着小晓，重重地点了点头。我，再一次哭了……

我最好的朋友，你总是在我困难的时候鼓励我前进，总是不忘对我说"加油"。但是，与你交友多年，有一句话，我却从未说过。现在，我想发自内心地说出来："谢谢你，朋友！"

（指导教师：孙悦）

五十六份平等的爱

盛亚航

老师，您对我们的恩情，深似大海，高如蓝天。老师，您对我们的爱，既严厉又细腻，您就是我们的亲人，总是无微不至地关心我们。

我们是祖国的花朵，您是辛勤的园丁。我们旁边长了杂草，您为我们去除；我们营养不好，您为我们施肥；我们枯萎了，您细心照料，让我们重获生机。

因为有您，我们才会长成美丽的花儿；因为有您，我们懂得了许多做人的道理；因为有您，我们才知道学习原来这么快乐。

您刚来到我们班级时，记得您上课常常开玩笑，"把手放进抽屉里的同学当心手被烤成猪手"，吓得我们赶快坐好，接着，教室里就会充满欢快的笑声。您讲课的语言，悦耳得像叮咚的山泉，亲切得似潺潺的小溪，激越得如奔泻的江流……

113

四年级到六年级，数数也有三年了。从您接手这个班级起，对我们一直不离不弃，一起携手走过了多少风雨。转眼间，我们即将离开，心里多多少少有些留恋，留恋当年幽默的方老师；留恋和您在一起的点点滴滴；留恋您对我们说过的每一句话，每一次评语，每一回表扬。

您给了我们一杆生活的尺，让我们自己天天去丈量；您把您的爱分成五十六份，每一份都是平等的。我们不想奢求更多的爱，只要有您的爱就足够了！

您如一棵大树，我们是您的孩子，您用您的身躯来为我们遮风挡雨，我们在您的呵护下苗壮成长；您如一片海，我们是海里的小鱼，没有您，我们就不能生活下去；您如无边无际的天空，我们是小鸟，没有您，我们又怎能翱翔。

记得您在作业本上画的红叉叉；记得您在手册上写的一句句评语；

记得您与我们的真心对话；记得我们一起参加的活动；记得您每一次的笑容……这些点滴回忆已经深深印在我的脑海中无法拭去。

我记得您的一举一动，记得您的动作，记得您的面容。我不会忘记，也不会让我忘记！

您对我们的谆谆教诲，我们永生难忘。您给予我们的爱是世上最伟大，最崇高的爱。

（指导教师：方耀华）

感恩老师

孙　愉

我像一颗冻结在泥土里的种子，梦想着春天。我梦见花朵睁开了惺忪的眼睛，就像月亮身边的千万星星，闪出淡淡的光芒。老师用和煦阳光，云霞万朵，彩衣百重，唤醒了我，让我的梦想成为现实，让春满人间。

我已破土而出，萌发了嫩芽儿，我睁大眼睛看这个丰富多彩的世界。老师用汗水灌溉我，让我快乐成长。

"随风潜入夜，润物细无声。"嫩芽儿长出了葫芦似的嫩叶，茎长高了，长得更粗壮了。含苞欲放，万事俱备，只欠东风，现在只差春风来抚摸，花儿便可绽放。这时，老师像春风，悄悄地飘过来，用手中的蜡笔借助春日，让我灿烂地绽放属于自己的人生。哇，好美呀！老师真不愧是一位高明的画家，小小的彩笔在您的手中挥动着，把我们的人生描绘得更加精彩。

静静的夜，我甜甜地入睡，做一个美丽的梦：我当上了一名教师。同学们都叫我孙老师，我站在讲台上，为我的学生传授知识。他们个个都全神贯注地听课，个个都争做三好学生。我给老师说了这个美而甜的梦，老师欣慰地笑了。

快毕业了，老师的担子更重了。老师的眼睛里多了一份关心，我的心里也多了一份挂念。

这一切，都是老师对我们无微不至的爱与关心。是您让我懂得什么叫真情，什么是幸福，又让我懂得怎样做人，让我感受到爱就在身边。原来，我始终被爱包围着。

老师没有用锁链将我紧锁，而是给予我心灵的自由：让我拥有知识，拥有缤纷的生活，让我恣意畅游在神奇的世界里，让我拥有一个快乐的童年。

师恩似海，我无以回报，就像滴水之于长河。

老师，我赞美您！

115

第四部分　微笑的力量

您是童话故事里的精灵，为我们设计梦想，创造幸福；春蚕吐丝为编织华丽衣裳，您用汗水为我们编织美丽人生；您是大树，让我们这些小鸟，在你坚强的肩膀上栖息！

您的教诲，萦绕在耳畔，我一定牢牢记住老师的教诲，那一定会让我受益一生。

（指导教师：张翊奇）

老师助我飞翔

李　晗

　　鲜花感恩雨露，因为雨露滋润它成长；苍鹰感恩蓝天，因为蓝天帮助它飞翔；高山感恩大地，因为大地让它矗立；而我感恩我的老师，因为老师助我遨游在知识的海洋，飞翔在未来的蓝天上。

　　亲爱的老师，在那落叶纷飞的时节，我们这群懵懂的孩子，走进了校园。当我们第一次面对课本，那上面密密麻麻的字眼，带给我们的不是知识，而是无穷的疑惑。是您！是老师！用那和蔼可亲的笑容、清脆爽朗的声音，让我们以快乐的心情学到了知识。您在课堂上，把书本上死板的知识用那么生动、那么形象、那么具体的语言叙述给我们听，让课堂充满了乐趣，激发了我们无限的想象。

　　当我一次次遇到难题，是老师向我伸出援助之手；当我有不理解的地方，又是老师细心地给我解答；当我做对了，老师鼓励我、赞扬我；当我做错了，老师教育我、开导我。

　　您让我负责早读，这不仅带动了大家，也锻炼了我自己；您让我有机会成为校值日生，使我有了信心，做得更好；您鼓励我参加作文竞赛，让我发现，我优秀的一面……

　　一次次的改变增强了我的信心。于是，我鼓足勇气，决心成为全班第一。最终，我击败了"强敌"光荣地成了第一名，又更进一步的肯定了我的能力。

　　老师，是您让我明白了：机会常常就在身边，关键是要靠自己去争取，要凭实力去争取，不留遗憾。老师，是您给了我信心，给了我积极向前的力量，让我克服自身的缺点，努力成为一名优秀的学生。我也一定会继续努力，争取更上一层楼！

　　老师，您在无形的小事中，教会我们如何做人、如何处事。当我们感到迷茫时，您便化身为指路明灯，带领我们在大海里航行；当我们遭遇挫折与失败时，您便化身为勤劳的园丁，为我们除去周围的杂草；当我们伤心时，您便化身为天使，为我们分忧，让我们快乐……您的关爱，如太阳一般温暖，春风一般和煦，清泉一般甘甜。您的爱，比父爱更深沉，比母爱更细腻，比友爱更纯洁。您的爱最伟大、最无私、最神圣。

"恩师掬起天池水，撒向天地育新苗"，是啊，老师的恩情我无以为报，只能用我优异的成绩为班争光，赢得老师甜蜜的笑容。我虽然还是一只幼小的鸟儿，但我相信，只要学好知识，终究有一天会像您期盼的那样，变成一只勇猛的苍鹰，展翅翱翔，成为蓝天一道亮丽的风景。老师，今天，请让我衷心地对您说一声："老师，谢谢您！"

（指导教师：余小群）

"尴尬"的护旗手

曾士誉

在我身上曾经发生过一件让我永远也忘不了的尴尬事：在大庭广众下，我的裤子竟然掉啦！

那是六一儿童节，学校举行了一次庆典，我光荣地当上了护旗手。当我的班主任吴老师把这个消息告诉我时，我兴奋极了。吴老师关切地嘱咐我："你可要认真准备，好好练习，为我们班争光啊！"我使劲儿地点点头。

一大早，我来到学校，准备换护旗手的衣服，拿出衣服来，我才发现竟然是女孩的裙子。原来，昨天领到衣服，我光顾着兴奋，根本没有去检查。怎么办？怎么办？正在我万分着急时，吴老师来了。她帮我在仓库找了一套男孩的衣服，她可真是我的救星！这时，广播里已经在通知旗手就位啦！我把衣服随便套上，就朝队旗的位置跑去。衣服有点大，我心想：随便了，只能这样了！

我站在主席台下，听见主持人庄严地宣布：出旗。我站在旗手身后，举起右手行队礼。刚走两三步，裤子竟然往下掉！我只好用左手拉着裤子，就这么奇怪地走在全校同学面前。我听见很多同学在笑，有人小声说："你看，裤子都掉了还当旗手！"我恨不得找个地缝钻下去。这绕场一周，平时觉得很快就可以走完的路程，这时却变得很长很长，有一种度秒如年的感觉！

好不容易走完了，我提着裤子站在场边不知道怎么办才好。吴老师跑了过来，把我拉到旁边的办公室里，用别针卡住裤边。"没关系，下面的仪式，打起精神来！"吴老师拍拍我的肩膀鼓励着我。我好像重新获得了勇气，本来还很沮丧的心一下子轻松起来。对，我要认真走，让那些嘲笑我的同学看看，我是一名光荣的护旗手！

队歌声中，我抬头挺胸，走在同学们羡慕的目光中，在人群中我还看到了吴老师鼓励的目光……那一刻成了我小学时光中最难忘的一刻！

（指导教师：吴勇）

119

第四部分 微笑的力量

老师伴我成长

陈星夷

在我的学习生活中，我非常感谢我的恩师们。是她们引领着我跨进学习的门槛，遨游在知识的海洋；是她们用真诚的爱心呵护着我成长，就像攀登高峰时的一根拐杖，用尽全力支撑幼小的我前行。

我和我的老师们一起成长。

那个刚满十八岁的可爱的启蒙老师，总是微笑地和我们做游戏，教我们唱歌、跳舞。她的舞姿如天仙般优美，她的歌声如百灵鸟般清脆悦耳。那时，我觉得生活是那么的美好快乐。

无法忘记四年级时的刘老师，虽已年过半百，但她总是很早就站在教室门口，用天底下最亲切的话语与我们交流。我参加荷花塘小学的演讲比赛时，她一遍一遍地教我每一个字的发音，每一个句子的节奏。当我拿到全校第一名的好成绩时，刘老师对我竖起了大拇指，那时的我觉得她是世界上最灿烂的阳光，温暖着我稚嫩的心灵。于是，在她的鼓励下，我充满自信地当选了班长，并在学校给特殊学校儿童送爱心的活动中，担任了主持。那时，我觉得学习是那么的有意义，充满竞争又充满希望。

更难忘六年级时，我从荷花塘小学转入明德小学。离开了熟悉的学校，离开了熟悉的老师和同学，一切对我来说都是那么陌生，当时的我是那么的无助。这时，我现在的班主任毛辉霞老师，像天使一般来到了我的身边。她的声音是那样的温柔，她的笑容是那样的灿烂，她的心里装满了学生。当我们在比赛失败时，她会鼓励我们继续向前；当我们在体育场上摔伤时，她会迅速地背着我们上医院；当我们考试发挥失常时，她总是耐心地给我们讲解，从不埋怨；当我们班的一个学生家长因病去世时，她积极地带头捐款；当期考中，年级前五名都在我们班上时，毛老师还是很平和地告诉我们：骄傲使人落后，谦虚使人进步。现在，我懂得了人应该充满爱心，并要懂得奉献，这样，世上才能充满爱与关怀。

从我开始读书起，我便遇到了许许多多的好老师。有趣的是，我的老师都是女教师，我总是用五月盛开的鲜花，来形容她们美丽的心灵。因为有了她们的灿烂阳光，才有了我今天的奋发向上。

最后，我可以用一个词来概括，那就是：师爱无限。

（指导教师：毛辉霞　兰仲爱）

忘不了您，黄老师

谢 瑜

在我的小学时代，有一位恩师给我留下了深刻的印象，那就是我们尊敬的黄老师。

黄老师是教我们小学毕业班的语文老师，她教学经验丰富，是一位很能干的老师。岁月不饶人，她已经两鬓斑白，慈祥的脸上长满了老人斑，戴一副老花镜。黄老师虽然年纪大了，但嗓门很洪亮，看上去一副很严厉的样子，其实却非常和蔼可亲。

说到黄老师，同学们既怕她又喜欢她：怕她是因为每当我们做错事的时候，她都会严厉地批评教育我们；喜欢是因为大家感受到黄老师慈母般的爱，关心着我们，培养着我们。同学们都非常尊敬她，称她为"大王"老师。

记得您刚带我们班的时候，我们胆子都非常小，上课不积极发言，生怕说错了，被您批评。每当这时，您总是亲切而又和蔼地说："别害怕，也别紧张，就是回答错了，我也不会责备你们。只要勇于回答问题就是好的。"还有您经常督导我们："你们是六年级的大同学了，是小同学学习的榜样。所以你们要树立好的榜样，给小同学留下好的印象。在这关键时刻，你们要一心一意学习，考上理想的中学。现在基础打好了，以后才能学得更顺畅，不要辜负了老师对你们的培养，家长对你们的一片苦心呀！希望你们能珍惜今天美好的生活和学习环境……"这时，您的眼睛里流露出鼓励的目光。啊！这目光只有慈母才有呀！您意味深长的这番话深深地打动着我们。

您对我们慈母般的关怀和抚爱，在日常生活里也闪闪发光。每当有同学病了，您都会问长问短，带同学到医院看病，有时还亲自送同学回家……在我身体不好的时候，您总是安慰我，鼓励我，让我充满了信心和勇气。黄老师，我非常感激您慈母般的关怀和照顾。

您像蜡烛，燃烧了自己，照亮了别人；您像春蚕，奉献了自己，装饰了别人；您像粉笔，牺牲了自己，留下了知识；您像园丁，不辞劳累，培育了花朵。

我忘不了您，敬爱的黄老师。

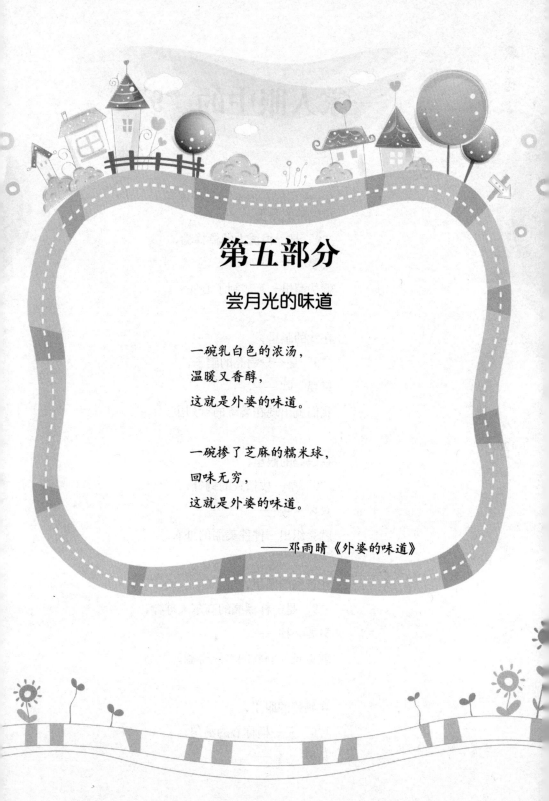

第五部分

尝月光的味道

一碗乳白色的浓汤，
温暖又香醇，
这就是外婆的味道。

一碗掺了芝麻的糯米球，
回味无穷，
这就是外婆的味道。

——邓雨晴《外婆的味道》

一家人眼中的"9"

周子怡

在弟弟的眼里，
"9"是一根诱人的棒棒糖，
只要一含——
就从嘴里一直甜到了心底。

在我的眼里，
"9"是一只锃亮的哨子，
只要一吹——
我们就出现在晨练的行列里。

在妈妈的眼里，
"9"是一枚精致的钩针，
只要一钩——
就会织出一件件美丽的外衣。

在爸爸的眼里，
"9"是一杆漂亮的高尔夫球棒，
只要一挥——
就更见他满脸的春风得意。

在奶奶的眼里，
"9"是一柄称心的汤勺，
只要一舀——

就闻到满屋子的香气，

在爷爷的眼里，
"9"是一个别致的烟斗，
只要一抽——
就能解决生活中的道道难题。

（指导教师：唐静芬）

127

第五部分 尝月光的味道

狮子、千里马和小猴

张贺惟

我的家就像一个小小的动物园，
动物园里有狮子、千里马和小猴。

妈妈，
是万兽之王——狮子，
俗话说得好：
河东一声吼，
河西抖三抖。

爸爸，
是匹千里马，
每天驮着我跑来跑去，
我到哪里都需要他。

我嘛，
就是一只活蹦乱跳的小猴子，
有时可以招惹一下那匹马，
却不敢招惹那头狮子，
当然，
做得好时也会得到狮子的奖赏。

（指导教师：刘平友）

外婆的味道

邓雨晴

厨房里，飘来了缕缕清香。
一丝一丝，
和你的心情一个颜色。
忙碌的背影，
制造着外婆的味道。

一碗乳白色的浓汤，
温暖又香醇，
这就是外婆的味道。

一碗掺了芝麻的糯米球，
回味无穷，
这就是外婆的味道。

一碗绵长又筋道的面条，
剪也剪不断
这就是外婆的味道。

一杯调制的奶茶，
甜到你的心窝里，
这就是外婆的味道。

一块小巧玲珑的南瓜饼，

129

香脆又清甜，
这就是外婆的味道。

外婆的味道呀，
载着满满的爱。
在你的心田，
种下爱的幼苗，
用外婆的味道浇灌，
看着它，
成长……

（指导教师：余向阳）

130

雨过天晴

夏雨雪

放学路上
你摘下一棵不起眼的小草
撕开
"晴天"
你大喊
笑声便溢满了整条小路

两年后的一天
你转学了
我摘下一棵小草
撕开
"雨天"
我低吟
犹如我的心情
淅淅沥沥

我把小草放在手心
你就在这里
我就在这里
把我俩的友谊牵得紧紧
紧紧

（指导教师：黄世艳）

第五部分 尝月光的味道

尝月光的味道

王尊贤

我用画笔

在漆黑的天空中

勾勒出一团火苗

涂鸦出皎洁的月光

风儿把月光切成五块儿

带向远方

落下的一小块儿

让小鸟当帽子戴上

葱葱郁郁的林子中

似乎有一片月光

追上去看

却只有树叶的"沙沙"响

我藏在谷垛旁

风儿将月光带来

放在谷垛上

又落在我的肩膀上

我正同家里的那头小猪商量

我们要尝尝月光是什么味道

我正同家里的那只小狗商量

我们要尝尝月光是什么味道

（指导教师：王敬亭）

我　想

陈璐璐

我想把眼睛，
贴在柔软的白云上。
看着美丽的大地，
瞭望辽阔的天堂。
瞧啊，瞧——
享受着世间的欢畅。

我想把耳朵，
装在柳树枝上。
倾听春的声音，
聆听万物的歌唱。
听啊，听——
春姑娘的歌声多悠扬。

我想把鼻子，
接在叶子上。
闻着新鲜的空气，
享受着春天的清香。
闻啊，闻——
沉浸在花儿的芬芳。

我想把自己，
种在蒲公英上。
看着青青的草地，
在空中自由地翱翔。
飞啊，飞——
飞到梦想的地方。

外婆的臂弯

稽暄涵

小时
外婆把我抱在她温暖的臂弯里
任我哭泣和撒娇
任我在她温暖的臂弯里索要爱

我喜欢三岁的冬天
和外婆蜷缩在被窝里温暖的感觉
蜷在外婆的臂弯里
抚摸她的脖子

那时的我多么幼小
把外婆的臂弯摸出一道道血印
只听得见外婆的叹气声

终于啊时光飞走了
一只只燕子叼走多少春秋
我渐渐长大了
那粉红的小裙子不能再穿
那稚嫩的童声渐渐远去
外婆脸上的皱纹
密了
外婆笑的时候
多像一朵盛开的菊花

而外婆臂弯里的血印

早已被时间洗得褪色

可是啊

那血印的痕迹

却早已深深凿在外婆的皮肤里了

我却依旧那样远去了

只好让电波

把我和外婆串起来

可是

那冰冷的电波啊

你却使我渐渐消失在故乡的回忆里

外婆

你给我的爱如同你的臂弯

我看见你

在那栋小小的房子前

用那温暖的臂弯

向我招手

脸上

又绽开着菊花般的微笑

（指导教师：常亮）

第五部分 尝月光的味道

母 爱

吴微丹

母爱，
是悄然吹拂的春风，
大地变绿，
充满生机。

母爱，
是天上的白云，
装点天空，
纯洁无瑕。

母爱
是美丽的彩霞，
雨过天晴，
绚丽多彩。

母爱
是火红的太阳，
光芒万丈，
温暖世界。

母爱，
是奔腾的长河，
流淌不息，

永不干涸。

母爱，
是一座大山，
我是山上的树，是她给了我们幸福。

母爱
是小巧玲珑的雨伞，
虽然很小，
却能为我们遮风挡雨。

母爱
是一望无际的大海，
以她宽阔的胸襟，
容纳百川。

（指导教师：黄岳来）

137

第五部分 尝月光的味道

母子情怀

闵羽千

小时候我以为您很有力，
您总是满怀欣喜将我高高抱起；
从不知道劳累，
也从不会疲惫。
现在我才知道，
那是因为心中充满爱意！
我时常也会情不自禁地，
将您拥入怀里。

小时候我以为您很神奇，
一首首儿歌一串串故事；
您总是信手拈来，
入神入味。
现在我才知道，
那是因为心中充满爱意！
闲暇时我也会诵几首美诗几许故事，
给您带来丝丝甜蜜的慰藉。

小时候我以为您很坚毅，
您是钢铁之躯铜墙铁壁；
为我阻风挡沙，
顽强不屈无私无畏。
现在我才知道，

那是因为心中充满爱意！
我也有足够的力量，
来保护现在柔弱的您。

小时候我以为您很美丽，
您脸上总是挂着一丝欢快一抹笑意；
好像青春就是您的儿女，
永远陪伴着您不会离去。
现在我才知道，
那是因为心中充满爱意！
我亲吻您的脸颊，
真想抹去您脸上岁月留下的印迹。

（指导教师：莫杰）

第五部分 尝月光的味道

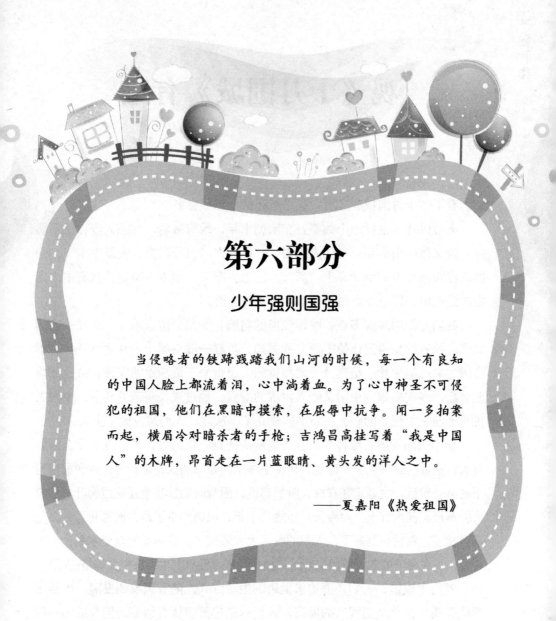

第六部分

少年强则国强

当侵略者的铁蹄践踏我们山河的时候，每一个有良知的中国人脸上都流着泪，心中淌着血。为了心中神圣不可侵犯的祖国，他们在黑暗中摸索，在屈辱中抗争。闻一多拍案而起，横眉冷对暗杀者的手枪；吉鸿昌高挂写着"我是中国人"的木牌，昂首走在一片蓝眼睛、黄头发的洋人之中。

——夏嘉阳《热爱祖国》

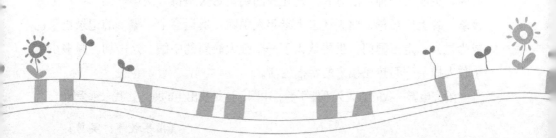

观《十月围城》有感

陈志杰

看了《十月围城》之后，我思绪起伏，感触良多。

电影讲述了这样一个故事：在清朝末年，政府孱弱，外强入侵，民不聊生。国父孙中山率领一批仁人志士，誓以鲜血"驱除鞑虏，恢复中华"。一群来自四面八方的革命义士、商人、乞丐、车夫、学生、赌徒、戏班主，为保护孙中山、保卫革命而在香港中环浴血拼搏。

我们的祖国多灾多难：晚清政府的腐败，令整个国家陷入一次又一次的危机。政府的妥协退让使得西方列强如分蛋糕一般将国土一寸寸瓜分；日本帝国主义侵略中华，给这片土地和她的人民带来了最深重的灾难；抗日战争胜利后，多灾多难的中国又陷入内战的漩涡。经过漫长艰苦的斗争，中国人民终于迎来了崭新的一天。新中国成立了。从此，人们翻身做了主人。

新中国的发展百废待兴，首先要解决的是吃饭问题。"世界上什么问题最大？吃饭问题最大。"这是1919年毛泽东创办《湘江评论》时在发刊词中写下的第一句话。我老家在农村，听奶奶说，困难时期她甚至还吃过柳叶、榆树皮、草根，甚至红土。而今天，短短几十年，祖国发生了巨大的变化：种菜用高科技了，农村规划好了，人们的收入大大增加了，袁隆平的杂交水稻让世界震惊。现在村里的老大爷们也开始"挑食"了，餐桌上也要讲究营养搭配呢！

解决了温饱，人们还要追求健康的生活方式。随着国家的发展、生活水平的提高，社会文明程度的提高，人们越来越重视体育锻炼。健身成为一种时尚，更成为一种生活方式。现在我的奶奶每天坚持"两操一课"：早上太极拳，晚上广场舞，白天还去上老年大学呢！奥运会上"零"的记录也早已成为过去。走出国门，世界认识了一个强大崭新的中国。这一切，是多少志士仁人抛头颅洒热血换来的幸福生活。

看完电影，我的心久久不能平静。中国，这是我出生的地方，我永远爱她！

（指导教师：吴勇）

祖国母亲，我爱您

谢沅宏

"五十六个星座五十六枝花，五十六个兄弟姐妹是一家，五十六种语言汇成一句话，爱我中华，爱我中华，爱我中华……"每当我唱起这首歌，心中的自豪之情便油然而生。

在知识的海洋里，我见识了您的雄伟壮观、幅员辽阔。北京是祖国的心脏；台湾是祖国的宝岛；香港是一颗闪耀的明珠；富饶的西沙群岛是我们祖国的宝库；美丽的小兴安岭是我们的后花园；雪山林立的青藏高原是我们的屏风；一望无际的内蒙古大草原是我们的奶源；长江、黄河是祖国的动脉；巍巍昆仑山是祖国的脊梁。大自然赋予我们一个地大物博的家园。祖国，您就像一颗闪耀的明珠屹立在世界东方。祖国，我爱您，爱您博大无比的胸怀！

在知识的海洋里，我知道了《清明上河图》，了解了《西游记》、《三国演义》；知道了万里长城、颐和园、故宫、秦始皇陵、秦兵马俑；我还知道了孔子、孟子、屈原、李白、杜甫、陆游……这些智慧和思想滋润着我，哺育着我。祖国，我爱您，爱你深厚的民族文化！

祖国，我爱您！我爱您的勇敢顽强。日本帝国主义的残酷欺凌，国内战争的疯狂迫害，母亲您贫困交加，遍体鳞伤。但您没有倒下，而是坚强地面对，终于在1949年10月1日，迎来崭新的一天，新中国成立了。经过了六十二年的风风雨雨，您重新焕发容颜，昂首屹立在世界的东方，令世人震惊，让世界刮目相看！

祖国，我爱您！我爱您的气魄。从加入WTO到申奥成功，从"神舟五号"的成功发射、奥运会健儿的英勇夺冠到上海世博的成功举办，这证明了您的实力，您的尊严！祖国，我的母亲，再过半年，即将迎来您六十二岁的生日。劳累了六十二年的您，请接受我，一个少先队员最崇高的敬礼！请接受十三亿华夏儿女的一句祝福：祝您生日快乐！相信我，十年后，我会用一份沉甸甸的、最珍贵的礼物来回报您——我的母亲！

（指导教师：韦仁该）

143

第六部分 少年强则国强

祖国在我心中

许嘉睿

老师们，同学们，大家好！

我今天演讲的题目是：祖国在我心中。

五千年漫漫历程，中国有繁荣昌盛的汉唐辉煌，也有近代落后挨打的耻辱历史。前进的道路非常艰辛，但也充满着希望。现在的中国正在一步一步地迈向世界，一点一点地与世界强国看齐。

回顾历史，在古代，张骞出使西域，玄奘西行取经，郑和七下西洋……我们的祖先曾经让中国走向世界，让世界了解中国。中国古代曾经有过十分辉煌的时候：繁华的大唐盛世，是多么发达啊！古代的四大发明曾经是我国的骄傲。

但是，到了近代，统治者的狂妄自大、闭关锁国、思想僵化，让中国变得越来越衰弱，逐渐脱离了世界。而那些逐渐强大的国家，开始将矛头对准中国这块丰美的肥肉，不惜发动战争，侵略我们的祖国，伤害我们的祖国母亲。东方雄狮，你怎么了？东方雄狮，你为什么还不觉醒？

"中国人民从此站起来了。"这是毛主席带领中国人民浴血奋战，打败日本侵略者、英美帝国主义和国内的反动派，向世界发出的庄严宣告。从此，中国受尽屈辱的历史一去不复返，光明的未来向我们走来。新中国以不屈的自尊，独立自主的精神，崭新的姿态，攻破重重困难，大步走向世界。

现在的中国，已经跻身于世界强国之列，赢得了世界的称赞与尊重。中国人也从几十年前的"东亚病夫"，变成了现在的体育强国。时代在发展，中国在变化，我们的祖国日益强大。香港、澳门回归祖国；国庆阅兵，展示了中国的国威军威；面对金融风暴，中国人积极应对，保持了经济的稳定发展；北京奥运会成功举办；"神舟"号飞船遨游太空，中国人实现了太空漫步的梦想……这一切无不昭示着中国这条巨龙正飞速地发展壮大！

历史给我们以启迪：一个走向世界的民族，必须自尊自立，自信自强；未来给我们以召唤：一个走向世界的民族，必须胸怀宽广，博采众长，才能以昂然的姿态挺立于世界民族之林。今天，我们是民族的希望；明天，我们就是祖国的栋梁。我们热爱我们伟大的祖国，祖国永驻你我的心中！

我的演讲完了，谢谢大家！

（指导教师：周燕）

少年报国

夏嘉阳

爱国就是对祖国的忠诚和热爱。历朝历代，许多仁人志士都具有强烈的忧国忧民的情怀，以国事为己任，前仆后继，临难不屈，保家卫国，心怀天下。这种可贵的精神，使中华民族历经劫难而不衰。在中华民族五千年的发展历程中，中华民族形成了以爱国主义为核心的伟大的民族精神。

沿着黄河与长江的源头漂流而下：从《诗经》中"坎坎伐檀"的江边到《史记》"金戈铁马"的楚河汉界，从郦道元的《水经注》到苏东坡的《大江东去》。我看青藏高原脉动的祖国；看黄土高坡起伏的祖国；看烟花苍茫，千帆竞发，百舸争流的祖国；看群峰腾跃，平原奔驰，长河扬鞭的祖国。祖国的山川雄奇，祖国的河水秀逸，祖国的胸怀无比广阔。

当侵略者的铁蹄践踏我们万里山河的时候，每一个有良知的中国人脸上都流着泪，心中淌着血。为了心中神圣不可侵犯的祖国，他们在黑暗中摸索，在屈辱中抗争。闻一多拍案而起，横眉冷对暗杀者的手枪；吉鸿昌高挂写着"我是中国人"标语的木牌，昂首走在一片蓝眼睛、黄头发的洋人之中；张学良、杨虎城将军为了挽救民族危亡，毅然发动了"西安事变"……

从古至今，有无数的爱国人士为国捐躯，视死如归。正是因为对祖国的深切热爱，他们这些勤劳智慧的中华儿女为我们开拓了辽阔的疆域，创造了辉煌灿烂的文化。

如今应是我们去实现中华民族伟大复兴的时候了！我们要热爱祖国的大好河山，积极维护祖国的主权独立和领土完整，祖国的领土寸土不能丢，不容被分裂、被侵占！

"少年强则国强，少年独立则国独立，少年自由则国自由，少年进步则国进步，少年雄于地球则国雄于地球。"我们要适应时代发展的要求，正确认识祖国的历史和现实，增强爱国的情感和振兴祖国的责任感，树立民族自尊心与自信心；弘扬伟大的中华民族精神，高举爱国主义旗帜，锐意进取自强不息、艰苦奋斗、顽强拼搏，真正把爱国之志变成报国之行。

今天为振兴中华而勤奋学习，明天为创造祖国辉煌未来而贡献自己的力量！

（指导教师：方耀华）

献给祖国妈妈的歌

宋月玥

我们的祖国，她像一只昂首的雄鸡，屹立在世界的东方；她像一个永不倒下的巨人，耸立在茫茫宇宙。但是，就在并不遥远的昨天，祖国的历史上曾经有一个百年的噩梦。

鸦片战争的硝烟未尽，由于清政府的软弱无能，帝国主义用洋枪洋炮轰开了中国的大门，从此老百姓陷入水深火热之中。领土割让、巨额战争赔款、开放通商口岸、划分势力范围等一系列丧权辱国的不平等条约，让拥有三亿之众的泱泱大国从此沦为任人宰割的羔羊。圆明园的烈火、甲午海战的悲壮、《辛丑条约》的耻辱……每一个中国人都要牢牢记在心中，时刻不忘历史的悲剧。

"九一八"的炮声，让灾难深重的祖国受到了重创，给中华民族带来了更悲惨的命运。卢沟桥的枪声、重庆的大轰炸、南京大屠杀的悲剧，无数同胞的冤魂发出了最后的呐喊。一个小小的弹丸之国——东瀛之兵居然跨过大海践踏我们的国土，在神州大地上烧杀抢掠无恶不作。他们的罪恶行径在中国历史上写下了屈辱的一页，每一个中国人都要牢记这段悲惨的历史。

中国曾经是世界的钢铁巨人，却沦为"东方睡狮"，真是民族的耻辱。灾难深重的祖国呀，路在何方？

无数优秀的中华儿女，开始了漫长而艰辛的求索之路，终于推翻了压在头上的"三座大山"，建立了崭新的中华人民共和国。从此，沉睡的"东方睡狮"醒来了，向世界发出了惊天动地的吼声：中国人民从此站起来了！

六十年的风雨历程中，我们创造了一个个东方奇迹，谱写了一篇篇华美乐章。看今日的中国，"两弹一星"的成功、改革开放的奇迹、"神舟"系列的神话、奥运会的辉煌……让世界听到了中国发出的强音，看到了中国发生的巨变！

看看我们自己，必须清醒地认识到自己离祖国母亲的要求还有很大距离：打扫卫生在我们班是"天下第一难事"，经常得全校"第一"；经不起风吹雨打，怕吃苦是我们的通病。就连排练节目，也会因为下雨的原因有不少同学缺勤；打游戏很多同学都废寝忘食，做作业却常常不能按时完成。唉，我们何时才能真正长大呀！如果我们这样怕吃苦，如何担得起振兴中华的大任呢？你看，进行二万五千里长征的红军，非典时期刻苦钻研的科学家……他们不苦吗？我们这点苦和他们比起来算什么！

"天下兴亡，我的责任"，这是台湾明德学校的校训。我认为应该成为我们班的班训，用以指导每个同学努力向前。只有每个人都把责任担在自己的肩上，才能担当起将来振兴中华的大任。

"少年智则国智，少年富则国富，少年强则国强，少年独立则国独立，少年自由则国自由，少年进步则国进步。"同学少年，风华正茂，一起努力，振兴中华！

（指导教师：沈明刚）

成长中我学会了勇敢

李泉珩

人的一生总会有坎坷，难免会遇到很多不愉快的事情，我认为不管遇到什么烦恼一定要学会勇敢。

我在报纸上曾经看到过一篇文章，讲述一个初中学生上课玩手机被老师没收了，她怕回家没有办法向家里交代，竟然跳江自尽。其实这只是人生道路上的一个小小的挫折，如果你不能勇敢面对自己犯过的错误，那你永远也过不了这道坎，只有积极的心态才能培养坚强的品格。

记得我五岁时跌了一跤，膝盖流血了，疼得我眼泪差点流出来。但妈妈摸了摸我的头，告诉我要学会坚强。从那以后，我再也不会为这些事而伤心了。

至今我还没忘记三年级时的期中考试，当时我的数学只考了90分，我当时就想：唉，这次没考好，全因为可恶的粗心，老爸经常在耳边叮咛"要在平时生活学习中，培养细心的品质，考试要学会检查"，这下可怎么和家长交代啊！于是，我愁眉苦脸地回到家，忐忑不安地告诉了爸爸妈妈……出乎意料的是，爸爸妈妈并没有责备我。爸爸一边和我分析试卷上的错误，一边语重心长地告诉我："这次考试没考好，对于你，就相当于是一次小挫折，遇到挫折我们应该勇敢地去面对。只要你能认识到自己的缺点，比考100分更重要，是不是？"我点了点头道："嗯！嗯！知道了！"看到爸爸信任的眼神，我心里暗暗告诉自己，以后遇到失败，一定要勇敢地去面对！

最近日本发生了9级地震，我看到视频上，一个男孩被别人救起时，眼中充满着无限感激和渴望。当有人问他，为何能在剧烈地震和疯狂海啸中坚持那么久时，他说："我渴望见到家人，只要能见到家人，我什么都不怕。"由此我又联想到了2008年5月12日的汶川地震，地震摧毁了家园的容貌，致使数万人被废墟掩埋。正是凭借着坚强的信念，很多人在困境中勇敢地活了下来。

　　我认为生命中最伟大的光辉不在一时的胜利，而在于失败后能再一次勇敢地站起来！勇敢是人们敢为人先的精神和品质，而坚强则是发自内心的信念。为了自己的信念勇敢坚持下去的坚强精神值得大家敬佩。每个人都应该拥有一颗坚强的心，用它去战胜困难！如果你遇到困难，请用自己的左手握住自己的右手，给自己温暖，为自己鼓励，让自己坚强。勇敢地对自己说："困难我不怕，失败也不怕，我要勇敢向前，做更好的自己！"

（指导教师：张学义）

第六部分　少年强则国强

大爱无疆

甘清华

有一种爱很普通，但却无处不在；有一种爱很平凡，但却常常让人感动在无言中；有一种爱很细微，但却能让人获得新的生命……

因为有了无私的爱，才能使在地狱边缘徘徊的人，最后重获生命的力量。正是因为有了爱，每个人在遇到困难时，才能在困难的泥潭中重拾前进的信心。

邻校五年级的一位女生，无情的病魔夺去了她的自由，她每天生活在痛苦中。那是一个如花蕾一般年轻的生命。当得知她的遭遇，全校师生和许多好心人，都伸出援助之手。那天下午，我们全校师生排着队站在操场上，为她举行捐款仪式。当学校的播音室里唱出"如果人人都献出一份爱，世界将变成美好的人间……"这首歌时，我顿时感到一种说不出的温暖。也许我们每个人所捐的钱不多，但我们都献出了一份爱，这些微薄的爱将汇聚成一份"大爱"。正是因为有了这份"大爱"，一个年轻的生命才能重新绽放。

当每个人遇到困难的时候，我们一定要伸出援助之手。乐于助人，是我们中华民族传统的美德。

希望每个同学都对世界充满爱，只要有一份爱，就能使遇到困难的人获得信心，汲取力量。

第七部分

现在的你还好吗

我赶紧把它抱回家，轻轻地放在地上，从柜子里找出棉签和药水，在它的伤口涂了些药，又把中午吃剩的骨头用一个碗装好，送到它面前。小狗闪着泪花，两眼水汪汪地望着我。它似乎要告诉我什么，但又什么也没说，只是低下头，有气无力地叼起一根骨头慢慢地咀嚼起来……

——肖理中《怀念一只叫"艾艾"的狗》

猫情紧紧连我心

任欣怡

生命，对于每个人来说，都非常重要。人人都有生命，人人都爱护自己的生命。但是，世界万物个个都有生命，比如猫呀、狗呀、树呀、花呀……我觉得人人也都应该爱护、保护这些生命，因为它们的生命也和我们一样鲜活。

两个月前的一个下雨天，妈妈到车棚存车，就在妈妈推车下坡的一瞬间，我看见了一只脏兮兮的小猫卧在路中间，幸亏我眼疾手快及时把它抱起来，要不然妈妈的车轮就会把它压死。我把它抱在手里一看，那猫很小、很瘦，大约只有我的手掌大，全身上下脏兮兮、湿乎乎的，不停地哆嗦。一看就是一只流浪猫，可能刚会走就被它的妈妈抛弃了。妈妈最不喜欢这些小动物了，尖叫着让我把猫扔掉。可是小猫在我手里小声地叫着，两只眼睛可怜巴巴地看着我，我实在不忍心丢掉它，就恳求妈妈把它带回家，可是妈妈坚决不同意。

第二天，我下楼玩，又看到那只小猫，它正被一大群小孩欺负，一个小男孩正拿着一根棍子打它，小猫一直凄惨地叫着。我冲过去一把推开那个男孩把小猫抱了起来，小猫看到我，就像看到了救星，一直往我怀里钻。我心一横，不管妈妈怎么说，我一定要收养这只猫。回到家，妈妈看我态度坚决，居然什么也没说，还准备了一个小纸箱做猫窝，而且把小猫从头到脚洗得干干净净。小猫马上就大变样了，它毛色金黄，毛茸茸的，非常可爱。我给它起了个好听的名字"金咪"。

可是，好景不长，不出一星期，妈妈喂小猫时不小心被咬了一口。其实是因为妈妈没经验，刚切完肉，没洗手就去喂猫。这时，家里所有的人都劝我把猫扔掉，我左右为难。

一天放学回家，我发现猫不见了。我马上大哭起来，大声地质问妈妈，是不是她把猫扔了。妈妈无奈地说是她出去扔垃圾的时候，小猫跑掉了。我疯了一样冲下楼去找我的金咪。可是哪里也没有。那几天我每天看看猫的窝、看看猫的盆，不见猫，真伤心啊。一天，我正写作业，突然听见门外传来熟悉的叫声。啊！我的金咪回来了，我大叫一声，跳起来去开门。果然，金咪蹲在家门口。我一把抱起它，眼泪就下来了。我怕妈妈看见金咪这脏兮兮的样子会赶走它。我赶紧给金咪洗了澡，放到它的窝里。妈妈回来后，看见金咪干干净净的，我那么开心，就什么也没说。

这以后，妈妈才真正接受了金咪，对它不再漫不经心。几乎每天都给它洗澡，而且还买了猫粮给它吃。两个多月过去了，金咪长大了，也胖了很多，走起路来像个毛毛球在滚动，特可爱。我们的感情也越来越深。有时候看着金咪吃饱了开心地玩着毛线团，我就想如果我当初不坚持收养它，不知道它能不能活下来。渐渐地，我对生命的意义多了一些理解，那就是，你只需要伸出你的手，就能帮到每一个生命。

（指导教师：马艳萍）

第七部分　现在的你还好吗

怀念一只叫"艾艾"的狗

肖理中

去年暑假，我在奶奶家住，和一只叫"艾艾"的小狗成了朋友。

刚到奶奶家，那只狗直冲我狂吠，几乎要把我赶出家门。可是经过一段时间的相处后，我们却成了朋友。

一天中午，烈日当头，"艾艾"突然不见了。奶奶叫我去找它，我怕"艾艾"咬我，死活不肯。爸爸吓唬我说："你不去，我就把你丢到深山老林里喂狼去！"我吓得连忙飞奔而出……

一路上，我一边寻找，一边呼唤小狗的名字。走到一条岔路口，看见一大一小的两条狗正在打架，我快步走上前一看，小的正是我奶奶家的艾艾。艾艾嘴里叼着一根骨头，看样子大狗是要抢它的骨头吃，艾艾不答应，两只狗就打起来了。我因为怕狗，也就没敢上去帮忙，只是站在一旁看着。大狗用锋利的爪牙在艾艾身上抓撕乱咬，艾艾一阵哀号，痛苦地倒在地上。大狗从它嘴里抢过骨头，扬长而去……

我见大狗走了，连忙冲上去，想看看艾艾伤的怎么样。它已经没有一点力气了，躺在地上，一双眼睛失落地望着我。

我赶紧把它抱回家，轻轻地放在地上，从柜子里找出棉签和药水，在它的伤口涂了些药。又把中午吃剩的骨头用一个碗装好，送到它面前。小狗闪着泪花，两眼水汪汪地望着我。它似乎要告诉我什么，但又什么也没说，只是低下头，有气无力地叼起一根骨头慢慢地咀嚼起来……

从那以后，艾艾一改常态对我特别亲热。每次见到我，都摇着尾巴，摆动身子，蹭我的腿，舔我的脚丫。我呢，也特别喜欢它。每次见到它，总要把它抱在怀里，用手抚摸它的毛，把脸贴近它的头，以示对它的爱。

渐渐地，我们混熟了，产生了深厚的感情。要是有哪一天，我没有见到艾艾，心里还真不是个滋味。艾艾呢，也一样。它没有见到我，就在屋里转来转去，嗷嗷地叫。

可是有一天，一场意外的车祸夺去了艾艾的生命。当我得到这个噩耗时，立即赶到事发地点。艾艾倒在血泊中，血肉模糊，泪眼汪汪地望着我，气息奄奄。我不顾一切地冲上去，抱起它，哭天抢地呼喊着："狗狗，不能死！艾艾，你不能死呀！"艾艾见到我，似乎有了宽慰。它双眼一垂，耷拉着脑袋，栽倒在我的身上，永远离开了我。我抱着它失声痛哭起来："艾艾……"

掩埋了艾艾的尸体，我给它立了块碑，上面刻着：这里躺着一条不死的灵魂！

如今，事情过去很久了，但我一直怀念那只叫"艾艾"的狗。

（指导教师：李晓云）

157

第七部分　现在的你还好吗

快乐的白虎

冯秋秋

　　乡下外公家养了一只小狗，我非常喜欢它。它身上的毛全是白色的，非常柔软，十分漂亮。我和哥哥姐姐特地为它起了个名字——白虎。

　　白虎像人一样，很重感情。每次去外公家，它只要看见我的身影，老远就一路飞跑到跟前，将前爪举过头顶，扑到我身上。一边摇着尾巴，一边欢快地叫着，好像在说："欢迎你来做客，欢迎你来做客。"

　　吃饭的时候，白虎在桌子底下钻来钻去，到处找肉骨头吃。有时还把舌头伸出来，在我脚上舔着，像在给我挠痒痒，弄得我忍不住哈哈大笑。

　　我和哥哥姐姐一起做游戏的时候，它总喜欢在我们中间穿来穿去，似乎也想加入我们的队伍。

　　白虎对玩皮球十分感兴趣。记得有一次，为了逗它，我们故意把皮球往地上使劲扔去。它好像看透了我们的心思，箭一样往皮球滚动的地方奔去，用爪子按住皮球，嘴里还不停地发出咕咕的叫声，似乎在向我们炫耀："我胜利了！我胜利了！"

　　我们去放风筝时，白虎悄悄地跟在后面，分享我们的喜悦。风筝在天空中自由自在地飞着，白虎更加兴奋了。它立起身子，像一位标准的士兵一样，使劲用两只前爪不停挥舞着，嘴里还呜呜地哼着小曲，它是多么快乐啊！

　　天黑以后，是白虎当班的时候了。它静静地坐在院子里，挺胸抬头，竖起两只敏锐的耳朵，尽职尽责地注意着周围的动静，只要觉察到一点点声响，便会立刻"汪、汪、汪"地叫起来……

　　瞧，这就是我的好朋友白虎，它多么可爱啊！

（指导教师：张翊奇）

"小舌头"的肚子

王祺滔

我曾经养过一只很可爱的小兔子，它最爱把舌头伸出来，什么都要去舔一舔。我把它放在肩头，它就会用小小的舌头舔我的脖子。于是，我叫它"小舌头"。

小舌头很淘气，把它放到外面玩耍时，它一会儿藏到那边的草丛里，一会儿躲在这边的小坑中。好在它全身雪白，没有一丝杂毛，一眼就能找到。有时候它从几级台阶上一跃而下，有时候在草地上撒着欢儿蹦跳，仿佛一点儿也不知道疲倦。

可是有一天，小舌头很晚才回家，全身脏兮兮的。我来抱它，它一反常态地跳开了。我强行抱起它时，它却用爪子抓了我一下，这可是它第一次抓我啊！我也生气了，扔下它回房去了。

后来，我才明白过来，原来它要生小兔子了！

看着小舌头的肚子越来越大了。我开始幻想着小小兔子的可爱模样：小小的身子，大大的、水汪汪的眼睛，短短的小尾巴，和小舌头一样的可爱舌头。

也许，小舌头正如我一样憧憬吧？不知什么时候起，顽皮淘气的它，开始变得小心翼翼，对走近它的人带着戒备。我不让它自己跑到外面吃叶子了，一放学我就去给它摘叶子。它也不去玩"上下阶梯蹦蹦跳"的游戏了，每次下台阶都试探着一点一点下，它的变化让我觉得很惊异！

虽没有见过妈妈怀着我的模样，可是看着小舌头，我仿佛看见了小心翼翼护着我，生怕我受到伤害的妈妈；看着小舌头，我仿佛看见了把自己的宝宝放在口袋里的袋鼠妈妈；看着小舌头，我仿佛看到了沈石溪笔下为了孩子成为狼王呕心沥血的狼妈妈……她们都是母亲，都无一例外地把自己的孩子

159

放在离心脏最近的地方！

可惜，小舌头还没有生下小兔子就死了，她死时身子蜷成一团，用爪子护住自己的肚子！

那天晚上，我梦见小舌头带着一群小兔子蹦蹦跳跳向我奔来……

（指导教师：严霞）

将爱放飞

阎镛廷

　　那是一个星期六的上午，阳光暖暖的，我把自己种的几盆花端了出来，放在窗台上。这些花，引来了许多热心"观众"：叽叽喳喳的小鸟、小蜜蜂、小蝴蝶……好不热闹。后来，我看到太阳变大了，怕把花儿晒伤了，就把花儿端进屋里。

　　小观众们陆续离开了，只有一只很小的鸟没有飞走，它用一种痛苦的眼神紧紧地盯着我。我感觉到小鸟似乎有什么困难需要我帮忙，于是我轻轻地走上去，小心翼翼地捉住它，凑近了仔细一瞧，才发现原来它的翅膀受伤了！我赶紧给它上药，包扎伤口。包扎好以后，我把它放到了窗台上，可是它飞了几次却怎么也飞不起来。妈妈说，可能它的伤太重了，影响了飞行。见此情形，我就找来以前养过小兔子的笼子，把小鸟放了进去，想等它伤好后，再将它放飞。

　　就这样，这只小鸟成了我的小伙伴。每天上学前和放学后，我总要跟它一起说说话，给它喂些小虫子，喂些米。一天、两天、三天、四天……一个月过去了，小鸟的伤好了，可是我却不想放走它了，想一直把它养在笼子里给我做伴。忽然有一天，我发现又有一只稍大点的鸟总停在我的窗台上。开始我没在意，但是后来，我看见它不时地在窗前盘旋，叽叽喳喳地叫着，好像在跟谁说话。同时，笼子里的那只小鸟也不停地叫着，在笼子里乱飞乱撞。我生怕它又受伤，赶紧把笼子打开。小鸟一下子冲了出去，跟那只稍大的鸟儿飞到了一起，两只鸟儿好像特别高兴，在我头顶盘旋着，叽叽喳喳地叫着，仿佛在说："谢谢，谢谢。"我想，那只大鸟可能是它的妈妈吧，虽然心里非常舍不得，但我还是希望小鸟和它的家人快快乐乐在一起。

　　妈妈回来了，我告诉妈妈我把小鸟放飞的事。妈妈夸我做得好，她说：

"小鸟是属于大自然的，小鸟是属于天空的，所有的动物都有属于自己的家。人只有和动物和谐共处，这个世界才能充满爱，才能更美好，你这样做就是将爱放飞，你也将得到更多的爱。"听了妈妈的话，我心里美滋滋的，仿佛感到爱在心底蔓延。

（指导教师：付会）

162

现在的你还好吗

陶红红

我和你也许是两种不同的生命。

每次放学回家，只要你出现在我的面前，我总会情不自禁地摸摸你。这时你总是用那圆滚滚的头靠在我的手心边，不时娇气地叫几声。每次听到你叫，我总以为你饿了，可当我将食物放在你面前时，你却总是不知趣地跑开了。

我不明白，给你食物也有错吗？我很生气！

过了一会儿，我的气消了。你记起第一次进我家的情景么？

当时你还小，一看到我，就像见到了面目狰狞的怪兽，撒腿就跑。可是喜欢小动物的我，很想摸摸你，感受你的呼吸。你跑，我就追，我哪里会轻易放过你呢？可是我失败了。

第二次追你时，我拿了你最喜欢的鱼来哄你，诱惑你。你终究抵挡不住诱惑，被我抓到了。我抚摸着你毛发，兴奋地对你说："小乖乖，我今天总算摸到你了。"你抬起头来，冲我叫了两声。

自此以后，咱俩的感情越来越深了。每当我吃饭的时候，你总会对我大叫几声，为我伴奏；我心情不好时，你会轻柔地喵喵几声，安慰我。

后来，不知道什么原因，你离家出走了。一天，我在学校的拐角遇见了你，你那狼狈不堪的样子，让我差点没认出来。我刚想问候你，你却拔腿就跑。也许是岁月模糊了记忆，你不认识我了。

就这样，日子慢慢地流逝，我们再也没有见过面了，小猫咪，你在外面过得还好吗？

（指导教师：江道礼）

163

第七部分 现在的你还好吗

第八部分

书的巧克力滋味

　　捧着心爱的书，我心里暗暗想：这回得藏在妈妈找不到的地方。我悄悄地走进我的卧室，小心翼翼地拆开枕套，把书装了进去，又细心地缝上，把垫着书的那一面朝下。看着自己的杰作，心里很高兴，这下妈妈就找不到我的书了！

——周咏欣《藏书》

读书的快乐

周啸宇

我最喜欢读书了。读书不仅给予了我丰富的想象力，还给我带来了无穷的快乐。

幼时的我总喜欢缠着妈妈讲各种各样的童话故事，《大拇指》、《青蛙王子》和《白雪公主与七个小矮人》都是我的最爱。上学后，我逐渐读了许多书。郑渊洁笔下的皮皮鲁和鲁西西的传奇经历深深地吸引了我，勇敢的大灰狼罗克、机智的小老鼠舒克贝塔和调皮的彼得，也都是我课业之余的挚友。

古代英雄的长篇小说也很合我的"胃口"，《岳飞传》就是其中之一。当我看到岳飞用自己的机智与勇敢，一次次将金兵打得溃不成军时，我不禁为他拍手叫好。当我看到秦桧要密谋暗害岳飞时，我不禁为他捏了一把冷汗。我经常在梦中看到岳飞身披战袍，手握长矛，腰佩短剑，骑在高头大马上，威风凛凛地与金兀术对决。我仿佛也回到了那个血雨腥风的年代，用自己手中的长枪来完成我保家卫国的梦想。

我几乎每个星期都要去一趟儿童图书馆，借一本我喜欢的图书。时间久了，图书馆的叔叔阿姨们都亲切地叫我"小书迷"。有一次，我在图书馆的旧书销售市场上买到了一本我梦寐以求的《柯南探案集》。虽然那本书已经破烂不堪，但我还是如获至宝，一回家就津津有味地读起来。我还把它带到了学校，同学们都嘲笑我看如此破旧的书。我好像没听见一般，依然认真地看书，看到精彩处还时不时地两眼放光，哈哈大笑。为此同学们还赋予了我一个新的外号——书虫。

书就像一个七彩的调色盘，丰富了我的生活。它使我了解到世界上的各种奇闻逸事；它使我知道了我国古代英雄的光辉事迹；它使我懂得了许多做人的道理。但最重要的是，书给予了我无穷的快乐。

（指导教师：陈宏哲）

藏　书

周咏欣

我非常喜欢读书，可是妈妈不希望我成为一个"书呆子"，于是我和妈妈经常"玩"藏书。

一天晚上，我正想拿出刚买的《感悟父爱母爱全集》看，可是一开书柜，发现书不见了。我知道，肯定是妈妈藏起来了。我东翻西找，桌子上，椅子上，床上，就连厕所里的篮子也找过了，还是"竹篮打水———一场空"。

我很着急，妈妈笑嘻嘻地看着我，我更加生气了，一甩手走进了妈妈的房间，坐在床上。"咦，被子怎么硬硬的？"我一摸，是个长长方方的东西。"不会是我的《感悟父爱母爱全集》吧？"趁妈妈出去买东西时，我拆开了被套，一看，啊！真是我的书！

捧着心爱的书，我心里暗暗想：这回得藏在妈妈找不到的地方。我悄悄地走进我的卧室，小心翼翼地拆开枕套，把书装了进去，又细心地缝上，把垫着书的那一面朝下。看着自己的杰作，心里很高兴：这下妈妈就找不到我的书了！

晚上，我看见妈妈在她的房间里鼓捣着，我想她准是找不到我的书了，心里更开心："嘿嘿，我睡觉的时候就可以偷偷看咯！"谁知，妈妈转身走出来，朝我诡秘地笑了笑，眨了眨眼睛，飞快地闪进了我的房间，我吓了一跳，生怕我的书被妈妈搜出来。

果然，没过一会儿，妈妈捧着书走出来了，瞪了我一眼，我垂头丧气地瘫在沙发上："唉……我又被'国民党反动派'打败了！"妈妈一听，眉头一皱。我心里"咯噔"一跳，糟糕，妈妈要发火了！我正想躲开，可她又"扑哧"一声笑了起来，一边笑，还一边说："这么说妈妈，没大没小！"看到妈妈没有生气，我那颗悬着的心终于放了下来。

现在，我和妈妈还是经常展开"地下斗争"。妈妈藏书，我就找书，然后我再藏书，妈妈再找书……可随着我藏书范围的不断扩大，妈妈现在都很难轻易找到我藏书的地方了。你说，我是不是越来越聪明了呢！

（指导教师：陈宏哲）

我和历史书

季珂宇

我爱读书，更爱读历史书。不过，别看我现在对历史书爱不释手，但我读第一套历史书时可谓是"一波三折"。

四岁那年，妈妈为我买了套《中华上下五千年》。那时候的我，偏爱于《格林童话》、《安徒生童话》、《中外神话故事》等童话、神话类书籍。当我看到妈妈帮我买了一套与童话、神话风马牛不相及的历史书籍时，我那小小的眉头立马打了个结。

妈妈见我这般神情，语重心长地对我说："读《中华上下五千年》可以增长你的知识，让你了解我们中华民族的历史……"我被妈妈感动了，捧起《中华上下五千年》读起来。

168

慢慢地，我发现那一个个历史故事并非我想象的那般枯燥乏味，相反，有些章节甚至比那些异想天开的童话更加精彩。虽然我开始对历史类书籍有了兴趣，但仍旧是走马观花，不求甚解。

一眨眼，一年过去了，那套《中华上下五千年》被我囫囵吞枣地看完了。我兴高采烈地向妈妈报告这个好消息。

妈妈听了我的话，笑着说："看完了？好，那我来提几个问题。我国从哪年开始有确切的记年？"

"这个……我不太清楚。"

"我国清政府在什么历史背景下与英国签订了《南京条约》？"

"是……"我支支吾吾的，一脸沮丧。

"公元1662年是谁收复了台湾？"

"是……"我还是答不上来。

妈妈见我一问三不知，并没有生气，而是笑吟吟地说："没关系，继续读吧。记住，读历史书可不能一目十行，而要把重要的事情记下来。"

就这样，一套《中华上下五千年》，我一读便读了两年。

读完《中华上下五千年》后，我真的感受到了我们中华民族悠久的历史和灿烂的文化。书上那留取丹心照汗青的文天祥、精忠报国的岳飞、抗倭名将戚继光等一个个英雄人物的光辉事迹感染了我。我立志向他们学习，长大后做个对社会有用的人！

（指导教师：陈宏哲）

第八部分 书的巧克力滋味

书的巧克力滋味

叶梓滢

书，是人类最好的老师。书，是人类进步的阶梯。我喜欢的书的滋味就像黑巧克力，苦中带甜。我跟巧克力般滋味的书也有许多故事呢！

苦

"你不要看这种书，多看点对学习有帮助的书！"妈妈一边说，一边"夺"走了我刚买的《笑猫日记之小猫出生在秘密山洞》，锁在了她房间里床头柜的抽屉里。那时我的心里真是半夜吃黄连——暗中叫苦。从此以后，我天天吃饭不香，睡觉翻来覆去，好像烙煎饼似的。一天中午，我决定偷偷拿回那本好看的书来"窃读"一番。中午，我轻轻地走进妈妈的房间，趁妈妈睡午觉，悄悄拿着钥匙，小心翼翼地打开抽屉，将那本书拿了出来，然后迅速地把抽屉关上……看个书还要如此提心吊胆，真是苦啊！

甜

不要以为我的读书故事只有苦啊，其实，妈妈经不起我的软磨硬泡，总是带我上街去买书。本来妈妈不答应让我买"乱七八糟"的课外书，可是我从这些课外书中学到了不少教科书上没有的知识，而且还积累了好词佳句，我的想象力丰富了，作文水平也提高了不少！我的习作还经常被当作范文来朗读，这可是比吃了蜜还甜啊！

书，就是人类的营养品。人，不能缺少它。我更是对它爱不释手！一本好书，喜欢它是不需要任何理由的，因为像我这样爱书的人认为，最大的幸福就是看书！

（指导教师：陈晶晶）

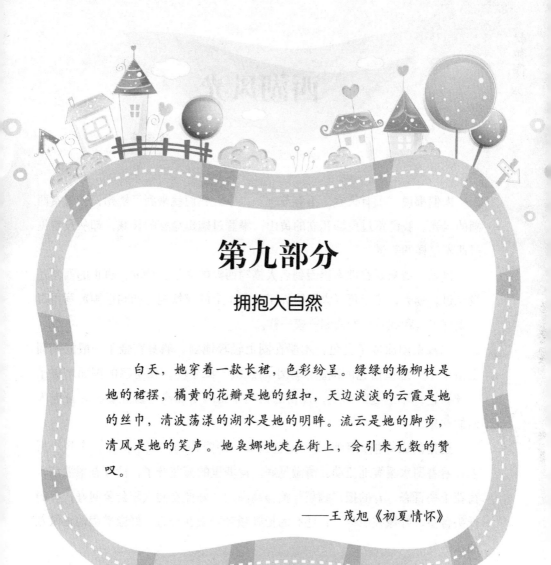

第九部分

拥抱大自然

　　白天，她穿着一款长裙，色彩纷呈。绿绿的杨柳枝是她的裙摆，橘黄的花瓣是她的纽扣，天边淡淡的云霞是她的丝巾，清波荡漾的湖水是她的明眸。流云是她的脚步，清风是她的笑声。她袅娜地走在街上，会引来无数的赞叹。

——王茂旭《初夏情怀》

西湖风光

潘宇豪

人们都说"上有天堂、下有苏杭"。今天我们就来到了杭州，去观赏西湖的风光。我游览过危峰兀立的黄山，攀登过蜿蜒盘旋的长城，却从没看见过西湖这样的美景。

以前，我只是在课本里看到名人描写西湖的文章、诗歌，真正的西湖还没见过。今天，终于可以大开眼界了。课本上的《饮湖上初晴后雨》写得真是太好了，和我看到的西湖一模一样。

湖被太阳涂成了金色，木船在湖上轻轻地划。船身在金子一般的湖面上留下了一道道白色的线。一座小岛点缀于湖中间，使空荡的湖面增添了一抹绿色。不远处的山上，茂密的树丛中雷峰塔高高地矗立着，印证着人们的欢乐。

远处的山峰被太阳照成了金色云雾，隐隐约约、似水似雾。走到小桥上，看着湖水缓缓地流动、清澈见底。池塘里的荷花开了，荷叶苍翠欲滴，荷花千姿百态，有的把"脑袋"抬得高高的，好像在向太阳公公问好；有的低头含蓄，好像在照镜子；还有的把脸颊轻轻歪在一边，好像懒懒地正做着甜蜜的梦。

荷叶下，一条条五颜六色的金鱼在水中追逐嬉戏。荷花丛中，金鱼们正在成群结队地玩耍。瞧！那边一群金鱼好像在玩捉迷藏似的，有的躲在荷叶下，等着其他金鱼来找。一旦找的金鱼快来了，一大群金鱼又慌慌忙忙地藏到另一片荷叶下。咦？那边怎么如此热闹呀！原来是几个小朋友在拿面包喂金鱼呢！一个小朋友把一小片面包丢进水里，大小鱼儿都过来抢着吃，眨眼之间就吃完了。

西湖最美的时候还是在黄昏时分。夕阳拖着长长的金黄裙子，荡漾在西湖微微的波浪中。放眼西湖，四周桥桥相连，远处的高山、古塔也纷纷来到西湖做客，真是湖光山色、美不胜收。西湖的颜色更是多变：在背对太阳时，湖水蓝中泛绿，颜色中却没有边界，被渲染得天衣无缝；而在面对太阳时，湖水又变成了一片玫瑰色的池水。西湖的水在晴天，湖天一色；在阴天，湖色朦胧；在雨天，水光潋滟；在月色下，更宛如明镜。

啊！美丽的西湖，你真不愧是"人间天堂"！

（指导教师：叶立华）

173

第九部分　拥抱大自然

初夏情怀

王茂旭

炎炎夏日，没有一丝风，天空是那样纯净，那是只有初夏才有的色彩。四季中我喜欢夏日，尤其喜欢初夏。阳光总是暖暖的，既没有春寒的料峭，也没有深秋的萧瑟。风儿总是徐徐地吹着，既没有早春的风沙，也没有寒冬的风雪。

我喜欢初夏的白天和黑夜，我喜欢初夏的风和雨，我喜欢初夏的美丽和柔情。我常常把初夏比作一位快乐的女孩儿。

白天，她穿着一款长裙，色彩纷呈。绿绿的杨柳枝是她的裙摆，橘黄的花瓣是她的纽扣，天边淡淡的云霞是她的丝巾，清波荡漾的湖水是她的明眸。流云是她的脚步，清风是她的笑声。她袅娜地走在街上，会引来无数的赞叹。

夜晚，她的笑靥化作如水的月光，顾盼的双眼变成夜空闪烁的星星。她撑起深蓝的天幕当她的遮阳伞，清风里有她喃喃的细语。在街旁、河畔、树下，都能找到她，甚至在梦里。她悄悄落在每个人的梦里，让人们在她的细语声中，不愿醒来。

略微有些热时，不知从什么地方吹来一丝丝凉爽的风，让人沉浸在凉意里，那是一种什么样的感觉呢？让心从天落到地上，有一种踏实的感觉。有时，阴雨代替晴朗。雨后洗去焦热，天气凉爽了，人也清闲了，调整调整心情，迎接新的一天的到来。

小孩子在嬉戏，妈妈在微笑着；三四个学生，在讨论着什么；老爷爷老奶奶甩动肩膀，打着太极拳；叔叔在擦车；我在逗狗狗玩。

这样的初夏怎能不让人喜欢？在她的快乐里，我也变得快乐起来。

（指导教师：吴勇）

九龙谷之韵

谢佳祺

今天的天气真是好！天空格外湛蓝，天上白云朵朵。我们一家驱车赶到莆田市九龙谷游玩。

汽车沿着风景秀丽的东圳水库蜿蜒盘旋，沿途花果飘香，风光旖旎。这一路上，只见两边的山银光闪闪，如满天星一样亮丽，又如一朵朵银色的鲜花争先怒放。原来是因为果农们把一串串幼小的枇杷，小心翼翼地包裹进银色的袋子里。随着水库不断向前延伸，我们赫然发觉东圳水库不像是刚刚开始的那般不起眼了，过了一座一百多米长的石桥，水库变得无比宏大，如浩瀚的大海一般。真是不识庐山真面目，只缘身在此山中。

经过几十个"之"字形的急转弯，车旁就是悬崖峭壁，好险啊。我紧拉扶手，手心全都是汗。终于，我们来到这次的目的地——九龙谷。

步入大门，只听见"哗哗……"的水声。"虹霓彩瀑"映入了我的眼帘，一幅水幕像白布一般悬挂在空中，如云如纱，烟雾缥缈，时聚时散。在阳光的照射下，出现了一条若隐若现的彩虹，使人感觉仿佛身在奇境，飘飘然。真是"飞流直下三千尺，疑是银河落九天。"

上了台阶，我们沿着积翠湖行走。这里的水绿如翡翠。一座小石孔桥横卧在水面，形成了一颗心形的美景。两旁的青山绿树映入了湖面，与蓝天、云朵、飞鸟一同纷纷扬扬地洒下。溪流的声音如丰收的歌谣，从远处幽幽地传来。湖中游鱼、醉虾，自由自在地散着步。

我们来到了飞凤潭的一块岩石上，只见瀑布从石缝间像一匹脱了缰绳的野马争先恐后地向我们奔来。"哗……"瀑布忽高忽低，激情澎湃。一股冷气向我们扑面而来，在我的小脸颊上绽开了一朵朵小水花，几十米的落差使人感到宏伟壮观，仿佛从空中坠下来，飞喷冲激着岩石，水石交汇，飘然欲仙……

看完了飞凤漈瀑布，更加惊心动魄的时刻来临了，那就是攀越铁索桥。

远远望去，只见三条细如针线的钢丝横立在湖面。好奇心驱使着我跃跃欲试，心想：不就是几条小小的铁丝吗？有什么难的。真是"张飞吃豆芽，小菜一碟"。我大声呼喊："走，我们上！"

说出了这句话，我就后悔了。站在起点，向下一望，是一片翠绿，这时我的心里像揣着小兔子一般忐忑不安，有点激动也有点紧张。

"爸妈，我是打酱油的，路过！"我着急地说，"我们还是走吧！"

我刚想开溜，就被爸爸的大手给抓住了："男子汉有什么好怕的！上！"

经过一番舌战，我还是系上了安全带，勇敢地向前走去。我采用了"小碎步"的战略，一点一点，慢慢地向前挪移，双手紧紧抓着两边的铁丝，生怕摔下去。每走一小步，钢丝都会左右摇摆几下，真担心一脚踩个空……一想到这，我的心就跳得更快了，"冷静，冷静！"走到中间，我就更后悔了。整个人像是悬浮在空中一样。我的脚不停地颤抖着，豆大般汗水从额头上流下来。终于，我成功到达彼岸了。心中是无比的激动，我不禁为自己鼓起了掌，心里乐得像一朵花。

我们继续迎溪而上，沿途峰奇石秀，霞客览胜、玉兔奔月、神龟朝圣……石景尽显大自然的鬼斧神工。

太阳偏西了，我们依依不舍地离开了。九龙谷——我们还会再度光临的。

（指导教师：谢永培）

雨

佚 名

淅淅沥沥的小雨连续几天下个不停，好像是调皮的娃娃哭丧着脸。小雨时而无声无息，时而唱着动听的歌曲。天潮潮，地湿湿，把初夏的阴霾冲刷得干干净净。

雨渐渐地大起来了。雨滴打在玻璃窗上，落在大地上，甩在树叶上。"吧嗒"，"哗哗"，"沙沙"，就像一组雄浑的交响乐。

随着雨声的渐小，那雄浑的声音减退了，变弱了。天空中飘落下来的已是迷蒙的小雨星星了。推开玻璃窗，一股清爽的空气从窗外飘进来，深深地吸一口，令人心醉。

忘情地投入小雨的怀抱。氤氲的水汽亦真亦幻，扑朔迷离。雨星乱蹦乱跳，像个调皮的小孩子，你伸手去抓它时，它竟"吱溜"一声跑了。等你追寻它的时候，它又偎依到你的怀抱里。那感觉是那样柔和，像母亲的手温柔心底。雨默默地从天而降，丝丝缕缕，无声无息，但附在你耳边时却有着不可捉摸的声音：如一把古老的竖琴，奏出深沉的曲调，若幻若真；又似儿时的摇篮曲缥缈于其间，令人心醉摇曳。

路旁的小花贪婪地吮吸着这甘露，花瓣上嵌满了水珠，让人不由得联想到美女梨花带雨的容颜。小草修长的碧发被湿润了，发梢上还挑着几颗没来得及干的水珠呢！杨树仿佛被雨打疼了，每片叶子里都嵌满了一汪"泪水"，轻风一吹，"泪珠"从叶尖上滑落下来……

我愿是鲜花，投入雨的怀抱；我愿是小草，成为雨的朋友；我愿是大树，做雨的伙伴；我愿化作一点雨，洗濯出一个干干净净的世界。

第九部分 拥抱大自然

桂 花

胡芊芊

又一年秋来到了。这一年，秋高气爽，果实累累；这一年，校园那棵美丽、挺拔的桂花树又开花了。

中午，我们三个一群五个一伙，争先恐后地跑去观察桂花。从老远的地方就闻到了一阵阵甜甜的清香。我们不禁赞叹道："啊！真香！真香啊！"于是迫不及待地大步向桂树跑去。

从远处看，桂花树就像一把大花伞。近看，金黄的桂花是由四片花瓣组成的，中间有一丝花蕊，就像四只小手小心地捧着手中的宝贵的金子，生怕被摔碎似的。一朵接一朵，小小的，金灿灿的，可爱极了。这些小桂花有的喜欢热闹，挨在一起说悄悄话；有的喜欢安静的，一个人坐在角落，显得楚楚动人；还有的调皮的小宝宝，使劲用头蹭着树叶妈妈的腋下，好奇地张开它那双明亮的眼睛向四周看。

桂花是那么美丽动人，但是它的枝叶却不大引人注意。树干长满了"黑斑"。叶子细长，微微往回卷，好像有些渴的样子。但那翠绿的不能再绿的叶子，又看不出丝毫渴了的样子。花和叶生长在一起，差距为什么那么大呢？有句话说得好，"红花还要绿叶配"！要是没有树干就没有树枝，没有树枝就没有树叶，没有树叶怎么会有桂花呢！可见人不可貌相，海水不可斗量！

啊！我爱桂花，更加敬佩桂树那默默无闻的枝和叶！

（指导教师：欧翠娥）

银杏树

唐小雅

大家都说，银杏叶好，可以促进血液循环，提升记忆力，抗氧化作用……但是大家知道银杏叶的功劳是谁给予的吗？那就是银杏树。

银杏树比其他树的寿命一般都长，它是树中的老寿星，能活到一千多岁。它五月开花，十月成熟，冬天叶子就掉光啦！

银杏树体形高大，伟岸挺拔，雍容富态，端庄美观。春暖花开时，它细叶嫩绿，树叶玲珑奇特，特别有情趣。夏天一片片绿叶，像打开的折扇，清风徐来，给人以凉爽之感；秋天，深绿色的叶丝中露出点点橙黄，累累硕果点缀其中。深秋，撒下一片橙黄落叶，宛如铺开一条金色的地毯；冬季枝丫坚挺，仍不失蓬勃向上的朝气。

我国人民历来尊崇银杏树为"圣树"。

银杏幼树树皮近平滑，浅灰色，大树之皮呈灰褐色，不规则纵裂，有长枝与生长缓慢的巨状短枝。叶互生，在长枝上辐射状散生，在短枝上三至五枚成簇生状，有细长的叶柄，扇形。

那是一个秋高气爽的季节，外婆跟往常一样，从幼儿园把我接回家，我们路过小树林，看见地上掉了一地的"小扇子"。我疑惑不解地问："外婆，怎么有这么小的扇子呀？"外婆拍了拍我的小脑袋，我又问："难道是鸭掌吗？""不，它们是银杏叶。"是银杏叶吗？为什么这么像鸭掌、扇子呢？我带着满肚子的疑问回了家。

现在是春天了，银杏树刚发芽，我坐在石墩上等待着最小的扇子，最美的鸭掌……

（指导教师：郑鼎杰）

第九部分 拥抱大自然

我爱美丽的黄河

朱润泽

我的家乡是一个不算太大的地方。虽然她不大，但是她的美景可多了！比如生态园、清风湖、凤凰广场……可是我最爱的还是那美丽的黄河！

春天，河面上的冰融化了，小鱼在水中游来游去。许多鸟儿从南方赶来，麻雀在枝头喳喳叫，小兔在草地上蹦来蹦去寻找食物，昆虫们在草地上、树枝上爬着，小孩们和大人在草地上玩耍，大地充满了勃勃生机！

夏天，小朋友们跟着大人去钓鱼。有的小朋友很贪玩，到处跑着捉蝴蝶和蜻蜓。还有的小朋友钓上了几条大鱼，许多人羡慕地望着。有些大人在河岸边的水池里捉鱼，孩子们在黄河公园里游泳、嬉戏，黄河的每一个角落都充满着快乐！

秋天，黄河岸边的果园里都长满了果子，果农们忙着采果子，脸上洋溢着幸福的微笑。小动物们忙着收集果子过冬。大雁开始往南飞。树叶娃娃从树妈妈怀中落下来，给大地穿了一层厚厚的棉袄，人们也渐渐换上了厚衣服，小朋友们捡树叶做书签，黄河渐渐变得冷清了。

冬天，天上下着雪。屋顶上、树权上铺满了白雪，大地也换了一件雪白的棉衣。黄河也被冰封住了，一片银白，非常壮观。小朋友穿着厚厚的棉衣在雪地里打雪仗，堆雪人，滚雪球。寂静的黄河边在孩子们的周围变得热闹起来了。

我爱家乡的黄河，更爱黄河边勤劳淳朴的人们！

（指导教师：李新军）

畅游普陀山

俞玺

人们都说，普陀山是我国的四大佛山之一，那里风景优美。去年暑假，姐姐就带我一起去旅游了一番。

早上，我们乘车从家里出发，到了码头，改乘快艇。我们乘着快艇，行驶在无边无际的大海上。这儿的大海波涛汹涌，巨浪一个连着一个，仿佛是一只只张开大口的狮子，好像要把我们坐的快艇给吞没。远远望去，大海是那么蓝，好像一匹宽阔无边的蓝绸子，一直铺到天边。海面上一只只海鸥忽飞忽降，给蓝绸子秀上美丽的图案。

不知过了多久，有人喊了一声："快看，前面就是普陀山了！"我举目远眺，普陀山在云雾中若隐若现。快接近普陀山时，我看见岸边的沙滩上，沙子像金子一般金灿灿的，那就是千步沙和百步沙。

下了船，到了普陀山，那儿的空气非常新鲜，让人神清气爽。不一会儿，我们来到了普陀山中颇负盛名的紫竹寺。里面亭台楼阁雕刻细腻，令人叹为观止。墙上的壁画玲珑剔透，雕工精细，富丽堂皇，栩栩如生，吸引了不少游客的目光。那里还有许许多多的佛像，最大的当属南海观音了，它有七八层楼那么高，重量据说有702万吨，是浙江最大佛像之一。朝圣的人可真多啊，都是来烧香拜佛、祈福的人。

这样的岛屿围绕着这样的海水，这样的海水倒映着这样的岛屿，加上一座座峰峦起伏的山，使我进入了一幅连绵不断的画卷。真是"船行大海上，人在画中游"。

(指导教师：叶立华)

181

校园美景

朱依菲

在我眼里，校园是最美的！我喜爱我的校园。在校园里我不但学到了丰富的知识，而且校园里迷人的景色，让我深深陶醉其中。

每年三月份，美丽的春姑娘就脚步轻盈地步入我们的校园，驱赶走了寒冷的冬天。紫荆花开了，她的花瓣是紫色的，小小的，密密麻麻地布满了紫荆树的上半部分，像是给紫荆树穿上了美丽的大衣。我喜欢雨后的紫荆树，美丽动人！因为花瓣小，所以每朵小花里几乎都有一颗小水珠，晶莹剔透，再加上紫荆花瓣闪耀着紫红的光，像一串诱人的葡萄，就更加动人了！

转眼间，夏大哥戴着草帽赶来了，它让所有植物都变得茂盛起来。槐树也不例外，开着漂亮的花。槐花很美，白得跟玉石一样，被翠绿的槐叶包裹着，散发出淡淡的清香，如果你不用心去闻，很难闻到啊。

天高云淡，秋风瑟瑟，树叶宝宝们依依不舍地从大树妈妈的怀抱里飘落下来，像给大地铺上了黄色的地毯。小操场西面的柿子树挂上了金黄色的"小灯笼"，那些"灯笼"特别诱人，真想摘几个下来尝尝鲜。绿色的柿叶簇拥着橙色的柿子，色泽诱人，好看无比！

秋去冬来，北风凛冽，鹅毛大雪从天而降，给我们的校园披上了一层厚厚的银装。这时许多树木都只剩下光秃秃的树干了，而小操场门口的苍松翠柏却昂然挺立，生机勃勃，它们像钢铁战士一样耸立在风雪中，保卫着我们的校园！

这就是我们的校园，我爱这美丽的校园！

（指导教师：赵铭）

我爱小草

李美秀

春天到了，阳光明媚，我约了几个伙伴到学校操场玩。操场上，一片绿色，显得生机勃勃。放眼望去，裸露了一个冬天的土地好像披上了一件绿色的外衣，又像一张柔软的毯子。我们在草地上奔跑、打滚，小草刚倒下又"站"了起来。阳光沐浴下，每一棵小草柔弱的身躯里都仿佛蕴藏了强大的力量，不管承受多大的压力，绝不低头。

玩得满头大汗后，我和同学在校门口分手，往家里走去。我家楼下有个花坛，花还没有开，但小草却茂盛地铺满小小的花坛。刚冒出泥土的小草是嫩绿的，阳光照耀下的小草是翠绿的，被房子阴影遮挡的小草是深绿的。不同的绿，不同的风姿。一阵风吹来，每一棵小草都跳起舞来。在小草舞动的间隙中，我才隐隐看到几朵小花。在这些柔弱的小花面前，小草把她们藏在身后，成了她们的守护神，不让风雨去摧残她们。

回到家，我跑到阳台，想看看我种的花儿有没有开放。但是，花盆里除了零零星星的几棵野草，什么也没有。咦，对了，我家住在三楼，这几棵草哪里跑来的？一只小鸟飞来，停在花盆边沿，我屏住呼吸生怕它飞走。小鸟在青翠的草叶上蹭了蹭它的小嘴，飞走了。我想起老师讲过的《种子的传播》，小草的种子一定是被风或者是小鸟带到有泥土的地方，然后生根发芽。我认真地给几棵小草浇了浇水，希望它们长得更强壮一点。

抬起头，我忽然看见对面楼房的外墙上，一株小草从墙壁裂缝中探出头来。它不太强壮，但却倔强地挺直了身躯，去接近阳光。小草的生命力可真旺盛啊！

我爱小草，爱它的不怕失败，爱它的无私奉献，更爱它的坚韧不拔。

（指导教师：吴勇）

第九部分 拥抱大自然